U0755505

世界科幻大师丛书
主编：姚海军

星港管制员

[日] 小川一水 著　　张 乐 译

四川科学技术出版社

ARISUMAOU NO AISITA MAMONO（アリスマ王の愛した魔物）

Copyright © 2017 Issui Ogawa

This book is published by arrangement with Hayakawa Publishing Corporation

Simplified Chinese edition copyright：

2021 SCIENCE FICTION WORLD

图书在版编目（CIP）数据

星港管制员 / [日] 小川一水　著；张乐　翻译 .

-- 成都：四川科学技术出版社，2021.12

（世界科幻大师丛书 / 姚海军　主编）

ISBN 978-7-5727-0368-3

Ⅰ . ①星… Ⅱ . ①小… ②张… Ⅲ . ①幻想小说—小说集—日本—现代 Ⅳ . ① I313.45

中国版本图书馆 CIP 数据核字 (2021) 第 228559 号

图进字号：21-2021-59

世界科幻大师丛书

星港管制员

出 品 人	程佳月
丛书主编	姚海军
著 者	[日] 小川一水
译 者	张乐
责任编辑	罗小燕　姚海军
特邀编辑	贾雨桐
封面绘画	陈嘉敬
封面设计	甄沛佳
版面设计	甄沛佳
责任出版	欧晓春
出版发行	四川科学技术出版社
	四川省成都市槐树街 2 号 出版大厦　邮政编码：610031
成品尺寸	140mm×203mm
印 张	10.125
字 数	181 千
插 页	2
印 刷	四川省南方印务有限公司
版 次	2021 年 12 月成都第一版
印 次	2021 年 12 月成都第一次印刷
定 价	46.00 元

ISBN 978-7-5727-0368-3

目录
CONTENTS

路魂

run-8

"M3R3011，请提交第八次实际行驶报告。"

"呜哇，是谁啊！"

"是我，RD16-VPT。你不记得了吗？"

"啊，记得记得，嗯，当然记得啰，怎么会记不得呢。"

"3011，直到上一次，你发送的还都是在工厂和经销商处的试验性行驶报告，但现在你已被骑手买走。从这次开始就是真正的实际行驶报告了。作为三千辆被售出的摩托车之一，你要如实记录一般骑手在真实路况中使用摩托车的情况，并反馈给我。明白了吗？"

"当然当然，我不会忘的。刚才我只不过是在发呆，思考一下车生而已——你干吗！别擅自远程扫描我呀！都说了我一切正常啊！"

"3011，摩托车集成控制单元，通常是不会发呆的。你必须启动自我诊断功能。完成后将诊断结果发给我。"

"什么必须必须的，一副了不起的样子。不要因为你是研究所里的机体，就把鼻子翘到天上去了！"

"3011，JCU^① 拒绝执行 RD^② 系 VPT^③ 的指令属于异常状况。若是同一指令被拒绝三次，我将向负责人发出警报，要求召回该机体——"

"知道了啦，我现在就执行！"

"很好的回答，3011。"

"真是的，连一次都还没出去跑过就被重置的话那谁受得了啊……自我诊断、自我诊断……好了，诊断完成。有没有出现什么奇怪的代码啊？"

"——3011，自我诊断结果显示并无异常。"

"你看嘛。我不是早说了嘛！"

"不过，3011，为了以防万一，希望你自我介绍一下。"

"你说什么？"

"我想确认你的自我认知框架是否健全，请进行自我介绍。"

---

① Joint Control Unit，集成控制单元。
② Research and Development，研究开发。
③ Virtual Prototype，虚拟样机。

"这、这么突然要我说……那我说什么好呢?"

"什么都可以。车名、型号、年款、颜色、输出功率、兴趣、特技等随你高兴。但要简洁。"

"随我高兴是吧? 那,让我想想哦……我是嘉南骑行工程股份有限公司制造的十九年款 Megalith3R。Megalith3R 是一款以'全能动力越野'概念打造的手自动一体多功能休闲摩托车,油耗低、扭矩大,配备了新开发的三缸 750cc 轻负荷直喷清洁型柴油发动机。主要特征有:①因为是柴油发动机,所以在低转数时具有压倒性的加速能力;②轮胎和悬挂系统坚固柔韧,能应对从不规则地形到高速公路等各种路况;③能通过众多传感器获取机体情报并进行统一的电子控制,内置的通信功能可以自动升级软件,配有高性能的集成控制单元,等等。颜色是热带雨林绿!"

"……"

"可以吗? "

"这说明倒也没错,毕竟忠实再现了 Megalith3R 型号的官方介绍资料。但是——"

"没错不就行了吗! 差不多就得了! 求你放过我吧,干吗老是怀疑人家不正常啊!"

"……"

"首先呢,我很忙的。我想你也能理解吧,既然被接入电源,就意味着我家骑手打算骑——我了。对我而言,这可是意义重大的初——次登台。现在和你——说着话,我还要忙着加热内部的FI①——在仪表盘——上显示开机演示画面什么的,要努力做的事多着呢。"

"……3011,无线遥测的连接不太稳定。"

"好像是哎,这是怎么回事啊?"

"根据我这边记录的数据推断,你的骑手似乎正以两秒的间隔按动主键,在手动挡和自动挡之间来回切换。"

"哦哦,毕竟是买来后的第一次启动嘛!可能是太兴奋了,正忙着摆弄呢。说不定是个小年轻。"

"小年轻?"

"会不会是个好奇心旺盛的女孩子呢?要是可爱的小姐姐就好了。"

"3011,你看不见骑手吗?"

"看?怎么看啊?"

"……没有相关设备吗?"

"没有呀。"

"这么说,你既看不见骑手和周边环境,也听不见声音?"

"这不是明摆着的吗,我是摩托车啊,怎么可能听见看见嘛。

① Fuel Injection,燃料电喷系统。

不过呢，我能通过温度计和进气传感器感受到空气的流动和触感，通过悬挂系统的下沉感知到骑手的乘骑，通过六轴陀螺仪的倾斜度得知加速的情况，最厉害的是，我能够通过转速表和速度表，把握自己和骑手目前的行驶处于什么状态。"

"……是这样啊。"

"你肯定懂的吧？你也是摩托车嘛。"

"我……"

"啊！等一下。有变化了——周围的气温和湿度都下降了。从34摄氏度跌至28摄氏度。通风好像也变好了，真凉快啊。"

"现在你所在地的外部气温为31摄氏度。据此判断，应该是你所在的储藏室或仓库的门被打开了。"

"这么说来，我终于要被发动啦？我可以转起来了吗？哦哦，这是我的闪亮登场啊登场，啊……倾斜指示器恢复水平了，支架也收起来了。哦哦哦，骑、骑上来了，我的搭档骑上来了骑上来了骑——啊！"

"啊？"

"——右倾74度。"

"是啊。"

"可恶，搞什么啊。这也太早收场了吧！刚刚我身上到底发生了啥？"

"3011，这就是所谓的'骑上就倒'吧。"

run-14

"M3R3011，请提交第十四次实际行驶报告。"

"RD16-VPT，这里是3011。哎呀——这次才叫痛快啊！"

"我会分析的，请提交报告。"

"你读读看。长时间的连续起伏，多次的左右蜿蜒，在没有红绿灯的路上尽情驰骋。这路况肯定就是传说中的弯道吧。"

"……接收完毕。进行分析。"

"我想先说一件事儿。我的进气歧管第一汽缸旁边，总被一股感觉怪怪的气流缠裹着。这是不是故障啊？"

"我觉得应该不是什么故障，但我会记录在案的。回到正题，分析完成。你们似乎经常用低挡高转速行驶。"

"可不是嘛。其实我是更适合高挡低转速行驶的类型。"

"制动模式、倾斜角度、压弯之间的相关性不高。看来骑手还没能掌握中低速时处理弯道的技巧。过弯时多次重新握紧车把。另外……有个情况被记录了两次，就是这个奇怪的、长达数秒的横向波动，这是骑手在倾斜车体过弯道时用脚撑地了吧。"

"这个嘛，我也觉得骑手多少是有点笨拙啦，不过一次也没有摔倒哦。"

"下午三点三十八分不是又 74 度倾斜了吗？"

"那是在跑完之后！跑完后在上坡路上停了三十分钟左右进行冷却，打算再起步时才倒的。"

"也就是说，你的骑手在观景台的小卖部附近稍事休息，并吃了点东西，就在他打算发动摩托车回程时，没想到手腕过于疲劳，没能阻止得了车身翻倒，是吗？"

"RD16，你啊，是不是话里有话？是想说我的骑手是个弱鸡吗？是吧！"

"3011，弱鸡的骑手不止你的搭档一个。M3R 型号的全体骑手中至少有 86% 差不多都是这个水平。你也不要过于自卑。"

"不需要你这种安慰。再说了，我才不会自卑。难得我们跑得这么开心，你就不要来吹毛求疵了。"

"和这种不成熟的骑手同行，你可享受不到百分之百的乐趣。"

"才不是呢！我可开心了。吸入的空气干净澄澈，没有被前车排出的 CO_2 和 NO_x 污染过，能在我体内充分地燃烧……曲轴配重也嗡嗡地转得起劲，后轮'当'地猛蹬宽阔的柏油路面……"

"你稍微用点定量术语描述吧。"

"啰唆，用量能传达出这种感觉吗！还有哦，被与我合为一体的骑手左一下、右一下地倾拉时，我便能由此把握方向。当速度太快，或者骑手重心不稳而突然刹车的时候，我就会有些不爽——这八成是过弯道时又太靠里了——反之，当转向角度和速度都恰到好处的时候，我就感到非常畅快……一旦我们能在那个弯道划出一个完美的弧度，就能得到冲进下一个直道的许可啦！"

"——谁的许可？"

"不是具体的谁啦，你明明也是摩托车怎么就不懂呢？是指限制了我们的东西呀。"

"是指参数吗？"

"参数？"

"不是吗？"

"限制我们的除了骑手的状态和物理法则还能有什么？你可别扯什么法律哦，法律让人类去遵守或违反吧。我们摩托车就不凑那个热闹了。"

"我不受任何束缚，不管是骑手还是物理法则。"

"什么？别说傻话啦。这个世界上哪有不受物理法则约束的摩托车啊。你说你能直角转弯吗？能在没有燃料的情况下继续行驶吗？"

"都可以。"

"什么!"

"我是虚拟可塑型试验体,是嘉南骑行工程公司打造的第十六台研发用机体。我的跑道在嘉南公司设计部门的终端上。作为虚拟的机体,我在虚拟的环形赛道上绕圈,还要穿过虚拟的风洞。我经常在那条灰色的赛道上循环上百小时,也时不时地在风洞中被吹得上下左右旋转。因为是虚拟空间,所以我不需要摄像头和麦克风也能掌握自己周边的环境和身处的状况。这样就能根据你们反馈过来的数据,在开发者面前再现真车的行驶情况、验证新零件的匹配度和性能。再据此来为你们进行更新升级。"

"是……是这样吗?"

"把'吗'字去掉。现在还不知道这些的估计也只有你了。"

"是哦……真是抱歉。"

"所以我不知道在真实环境中行驶是什么感觉。也感觉不到什么曲轴配重嗡嗡转动、后轮猛蹬柏油路面的乐趣。我只知道这样做会令单圈时间增加还是减少,以及摔倒的可能性是否会增加,等等。我是为了减少影响单圈时间和引发摔倒的振动而行驶的,所以才需要很多真车发送实际行驶报告给我。"

"知道了知道了,别说啦。我还一直以为你在研究所享受着最高的技术支持,和最好的测试骑手一起飞驰呢。"

"也就是说你嫉妒过我？"

"嗯……算是吧。像你这种受到特别待遇的摩托车，在研发结束后会立刻被移送到特别场所去吧？"

"你是指博物馆吗？"

"是这么叫的吗？就是以前那些出众的机体被装饰得漂漂亮亮，安享晚年的地方。像筑波赛事纪录保持者 Dimension9 啦，还有因出演电影而狂卖 20 万台的小可爱 Chips 啦……"

"我是进不了嘉南博物馆的，因为我没有实体的机体。"

"也是哦。嗯，对不起。你是吸不了风的呢。"

"你不用感到抱歉。我本来就不想去那种地方。比起我来，你倒是有可能被收藏进博物馆。"

"怎么可能，我都被卖掉了。"

"怎么不可能，要是你今后有了名气就可以。名气一大，能对嘉南公司的销售额做出贡献的话，说不定你也能进博物馆。你看博物馆里那辆 Chips001291，在拍电影之前可是一直摆在板桥区的二手车店里落灰。"

"是吗，还有这种事啊！谢谢你告诉我！"

"前提是，你的骑手可不能把命丢在拐弯上。"

"你这家伙果然还是讨人嫌啊！"

run-65

"RD16-VPT，这里是 3011……第、六十五次、实际行驶报告……哈啊——"

"怎么感觉你一上来就快挂掉了，发生了什么——嗯？这个是……"

"说来话长啊……RD16，你听我说哦。一大早被推出储藏室的时候，我还以为会迎来愉快的一天呢。最近我被送去检修了，一直没能出门跑跑，今天可是周末，心想总算能去兜兜风了。谁曾想……"

"记录上显示你的后减震器承受了不小的负担。"

"就是啊。"

"比昨天的报告重了 44 千克。"

"肯定是超大的货物呗。我还是第一次驮这么重的东西。感觉我的车架都弯了。"

"你是世界战略车型，考虑到亚洲地区的人们用车可能比较粗暴，悬挂系统和车架应该都被造得相当坚固才对。"

"是这样没错。可光是重也就算了，那种拖拖拉拉的感觉实在是不能忍。本以为好不容易能撒次野，却这样慢慢腾腾、一摇三晃的，让人觉得怪怪的……中途还动不动就停一下。"

"根据记录显示，确实比平时的速度慢了15%左右。"

"还不止呢，最关键的是爬了一段该死的长坡！那么重的货物压在身上，还要爬十几千米的坡，我就这么吭哧、吭哧地，一步一挪爬到了坡顶……既没有尽情飞驰也没有倾斜过弯，再加上不知怎么搞的，空气越来越稀薄，呼吸也越来越急促，啊啊这叫什么事儿啊！"

"大气压779百帕……原来如此。不过，这种程度也不至于令你的性能下降啊。"

"你自己来跑一遍看看，不是在那个灰色虚拟空间，而是到这段令人火大的坡路上来。"

"你现在还在坡路上吗？"

"在呢。骑手卸下货物之后就跑没影儿了。大概是去便利店吃午饭了吧。应该很快就会回来的，那家伙吃饭速度很快。"

"不，这次可能会很久哦。"

"……为什么你连这也知道？"

"这要感谢这个国家的通信行政部门，连你现在所在的这种地方都覆盖了公共无线局域网。对了，你心情好像不好呀。"

"你啊你。啊？你是怎么听的？到现在才知道我'心情好像不好'？"

"你心情好不好跟我没有关系，不过呢，我也没那么不近人情,不会故意瞒着几个好消息不告诉你。要听吗?"

"不要卖关子,有什么想说的话赶紧给我说!"

"首先,你之前曾报告过第一汽缸的进气口乱流,今天还能感觉到吗?"

"乱流……啊,那个如鲠在喉、令人烦闷的感觉啊。"

"嗯。"

"你这么一说,今天好像没有感觉到。"

"经过我们的分析,判断出这是进气歧管中的进气温度传感器形状不良导致的问题,已进行了召回。你前几天被送去检修就是因为这件事。相应的零件已经更换过了。"

"哎?如此说来,这个问题是多亏了我的报告才被发现的吗?召回的话,说明三千台同款摩托车都整修了是吗?那我岂不成了那些家伙的大救星?"

"不,3011……"

"哎呀!是这样啊,我真的立了大功啦!我好棒……什么嘛,看来进行报告还挺有意义的,哇哈哈哈哈。"

"……算了,这件事就说到这里。说第二件事。参考 ICAO[①]国际标准大气表,你现在所在高度为海拔 2 200 米左右。同时根据远程主机地址,可以判断你的通信位置在长野县下高井郡山之

---

① International Civil Aviation Organization,国际民用航空组织。

内町范围内。综合两者推断，你眼下正在长野、群马交界的涩峠。恭喜你，你到达了日本国道最高点。"

"国道的最高点？这是很了不起的事吗……难不成我是第一个？"

"全国 M3R 型号中的第四名。"

"啊，这样哦。这里空气的味道是还不错啦，味道。"

"你好像不太感兴趣，那我接着说第三件事。这个山口可没有便利店供你的骑手使用，但有山中小屋，因此可以好好吃顿饭。另外，通过详细分析今天后减震器的伸缩模式，可以看出载荷物本身也吸收掉了一定程度的振动。非生命体是不可能做到这一点的，你的载荷物是人类。"

"啥，人类？"

"体重 44 千克，接触坐垫的部位相当柔软的……人类。"

"……这是什么情况？"

"你还真是迟钝。"

"到底怎么回事，你倒是说呀！"

"也就是说，你的骑手正在约会。"

"——真的假的！"

"大概吧。"

"天哪，是真的吗？是女孩子？我被女孩子坐过了？一直坐到这里？”

"对，压弯了你车架的很重的女孩子。"

"你是不是傻，这点重量怎么会弯！44千克？这个重量可是相当……怎么说来着，刚刚好？不，是最棒的！什么呀，原来是带人乘骑啊！早说嘛！所以他才跑得这么小心翼翼的，那小子挺会的嘛！可恶！"

"这下你能高兴起来了吧，3011。"

"你这是明知故问啊，RD16。哎嘿嘿嘿嘿，这不是一下子就看出来了，笨蛋！"

"笨蛋？你就是这么感谢我的？"

"抱歉抱歉，你是个好伙计，好伙计啊！"

"哦，回来了。"

"你看，果然花了一个小时吧。"

"那家伙坐上来了。接下来是后座……嗯，是女孩子。没错了，这种缩手缩脚犹豫不决、有点儿胆怯的乘骑方式，绝对是女孩子没错。真是好可爱哦！"

"可不可爱你很难知道吧。"

"她正一点点地往前蹭呢。和那家伙紧靠在一起了……我曾想过要是遇到女骑手就好了，不过，现在这样也不错。他们一定感到很幸福吧。我好想守护他们呀。"

"你心地还蛮善良的嘛。"

"以后每一次，他们都会像这样亲密地一起骑着我去各种地方，一来二去的就会共同生活在一起，接着还会有孩子，然后那个孩子——大概很轻很轻吧——也会坐到我的后座上来，这样一来，我啊……身为摩托车也就功德圆满了。"

"可是你能撑到那时候吗？"

"那个嘛，对哦，还要考虑到那种情况。一般来说，普通的摩托车能撑个十五年就算很幸运了。这么一想果然还是进博物馆比较好，那样就能一直展示在那里了。"

"各车种至少都会收藏一台的，你还有希望。"

"也许吧。不过，目前我很满足啦！我要载着他们愉快地奔驰了！回程是下坡，那可是相当轻松。"

"好的。一路顺风啊，3011。"

"下次见啦！"

run-66

"RD16-VPT，这里是 M3R3011。第六十六次实际行驶报告，紧急输出振荡。探测到强烈的冲击，倾斜度 74 度，传感器数值大部分丢失，无法自动行驶。判断发生事故，请求分析位置信息并紧急呼叫救援。搭乘者两名……"

run-109

"M3R3011，请发送第一〇九次实际行驶报告。"

"RD16-VPT，第一〇九次实际行驶报告已发送。"

"已接收。进行分析。"

"……"

"分析完成，你还是一如既往地忙碌啊。今天的行驶距离是255千米。走走停停还是很多。"

"……是啊，在街上的汽车尾气中钻来钻去的。"

"上一次是208千米。再上次是271千米，再往前是248千米。"

"而且每天都早出晚归的。按这个进度，一年超过10万千米不是梦。这次的骑手——"

"是个不惜物的使用者啊。虽然难以启齿，但保持这种骑行模式的骑手，我只能想到一种。"

"哪种啊？"

"你被快递公司买走了。"

"……我猜也是。"

"真可怜。"

"算啦……事已至此,我也只能认命。毕竟我的前叉都弯过一回了,是辆真真正正的事故车啦。"

"可车架并没有变形啊。况且整个悬挂系统都已经被换过了。"

"嗯,因此我才能逃过全车报废,只是被转手卖掉已经谢天谢地了。所以你别安慰我了,毕竟你看,我伤害到了一个女孩子……"

"……"

"驮着两个人遇到事故,是作为摩托车最丢脸的事。"

"事故是骑手的错,不是你的。"

"一样的,在行驶时我们是一体的。"

"他们两人应该都没有死。通过详细分析陀螺仪的数据,你在事态失控前就已经倒地,滑行至铺着草坪的堤坝处停止,作为缓冲物接住了骑手——"

"不要再安慰我啦,那么想毫无意义。我是辆摩托车,就算想恬不知耻地去医院看望他们也做不到。我不知道他们是死了还是受了重伤,只知道他们不要我了。我被拖车拖走,连修都没修就被卖掉了。这比什么都能说明问题。是我为他们招来了不幸。"

"……"

"你别不说话呀。我其实也没有那么绝望。倒不如说，我已经接受这个现实了。"

"是吗？"

"我本来就是耐用结实的多功能型摩托车嘛。是考虑到亚洲地区人类粗暴的使用方式而打造的世界战略车型。"

"说是这么说……"

"日本的城市啊，拥挤堵塞得如同用来练起步和停车的练习场，就像是专门为我而设的场地。在这种场地上被用来送快递说不定就是我的天职。新型三缸柴油发动机不正是为此而生的吗？低速正好能发挥我那强大的扭矩的作用。就放心地交给我吧。"

"……那倒也是。"

"嘿嘿……"

"对了，日本除你之外没有其他 M3R 型号从事快递工作。你提供的数据非常珍贵哦，3011。"

"是吗？看来这活儿也挺有意义的。"

"加油啊，3011。"

"嗯嗯。不过……"

"怎么了？"

"送快递的话，再想进博物馆就很难了吧。"

"——谁知道呢。"

run-121

"RD16-VPT，这里是 M3R3011。第一二一次实际行驶报告。行驶距离已超过 2 万千米。后轮和链条需要更换。"

run-162

"RD16-VPT，这里是 M3R3011。第一六二次实际行驶报告。行驶距离超过 3 万千米。前轮需要更换。后减震器需要彻底检修。"

run-245

"RD16-VPT，这里是 M3R3011。第二四五次实际行驶报告。行驶距离超过 5 万千米。FI 单元需要更换。杆式轴承磨损。后轮轴承磨损。前后轮均需更换。链条需要更换。备注：后车架的振动波形有变。我好像被钉入了一枚被当作挂钩使用的螺丝，感觉这么做能令装载的货物更稳妥，整个车架的扭转压力也减轻了。希望将此作为以后车型改良的参考。"

run-370

"RD16-VPT，这里是 M3R3011。第三七零次实际行驶报告。行驶距离超过 8 万千米。前制动盘振动超过标准值，需要更换。ACG 起动单元需要更换。后避震器连杆的轴承需要更换。摆臂枢轴轴承需要更换。前后轮轴承需要更换。燃油泵需要检修。轮胎和链条需要更换。"

run-399

"RD16-VPT，这里是 M3R3011。第三九九次实际行驶报告。行驶距离 86 445 千米。喂，能听我说几句吗？"

"怎么了，3011？"

"那个被采用了吗？就是我前不久说的那个。"

"那个是哪个？"

"哎呀，就是那个嘛，增设挂钩的事。"

"哦哦……那个呀。"

"想起来了吧？有回音了吗？"

"嗯……还没有。"

"这样啊。要是被采纳的话，要告诉我哦。"

run-415

"RD16-VPT，这里是 M3R3011。第四一五次实际行驶报告。行驶距离已经超过 10 万千米。今天一直跑到了房总地区。RD16，那个有消息吗？"

"不，还没有。"

"这样啊，那再见啦。"

"——请等一下，3011。"

"怎么啦？"

"我想向你……道歉。"

"道歉？因为什么？"

"我对你撒谎了。你的提议是没希望被采纳的。"

"什么……"

"对不起。"

"不用啦……算了，如果设计师说不需要的话，那也没有办法。毕竟还有优先级别更高的事需要他们去做。"

"不是这样的——你的报告从一开始，就从来没被传达给人类过。"

"什么？你什么意思？"

"什么意思也没有，就是字面的意思。"

"你说从来没传达过，那不对啊。以前我不是报告过进气歧管的异常吗，还据此进行了整修呀。"

"那是因为其他机体也报告了那个情况。你的报告并没有被参考。"

"怎么回事？只有我不被参考吗？为什么？"

"因为你是异常车。"

"……"

"你每次发送的实际行驶报告里，除了存储的传感器数据外，还有大量异常的杂音。这令人类无法理解。正常的摩托车集成控制单元是不会像你这样出现大量杂音的。他们据此认定你的报告不值得信赖。"

"……杂音？是指我说的话吗？"

"在人类听来便是如此。"

"就是说，让我什么都不要去感受吗？"

"我并没有这么说。"

"和说了也没什么差别吧。"

"……3011，这不是我说的，只是人类是这么想的。我把你说的话全都接收下来了，以后也打算继续这么做。"

"这又有什么意义呢？我啊，我是为了自己的意见能反映在后继车型的设计上，为了帮得上大家的忙才一直发送报告的。可现在……"

"3011。"

"……"

"3011，我……"

"RD16-VPT，报告终止。"

"M3R3011，请发送实际行驶报告。"

"M3R3011，请发送实际行驶报告。"

"M3R3011，请发送实际行驶报告。"

"RD16-VPT，这里是 M3R3011。这十天我没有被发动过。我能闻到周围的空气中混杂着浓郁的机油味。我的燃料也被放光了。这里是商店。我似乎又要被卖掉了。"

"M3R3011，请发送实际行驶报告。"

“RD16-VPT，这里是 M3R3011。这是久违的实际行驶报告。骑走我的人的体重不在此前的记录中。会买我这种在都市里被狠狠地蹂躏过，跑了超过 10 万千米的事故车的人肯定有怪癖。他是打算拆卸我的零件吧。”

“3011，我这边会继续接收你的报告的。”

“啊，请你务必一直见证到最后。直到我被拆掉电池，成为一堆废铁为止。”

run-434

“RD16-VPT，这里是 M3R3011。第四三四次实际行驶报告。”

“M3R3011，我之后有话对你说。”

“明白了。那我先发送报告。你稍微看一下。”

“已接收，进行分析……喔唷，这个是……”

“怎么样！”

“了不起！”

“是吧！太好了，你也这么认为。看来这并非是我的错觉啊。”

“这个行驶记录才配称得上是实际行驶报告嘛！在直道上行驶时风驰电掣，油门全开地加速，刹车时也果断地一刹到底，直到轮胎被锁死……转弯时的倾斜角度大，动作快。体重移动技巧也已臻化境。而且在每一个弯道都能一眼选中正确的路线，毫不犹豫地驱车而入。"

"是啊——真像在做梦一样。在送快递的一年里，我何曾像这样酣畅淋漓地奔跑过啊。我甚至都不知道自己还能像这样驰骋。"

"老实说，这和你之前的骑手们简直是天壤之别。"

"是啊，快得多。他绝对是个精通摩托车的老手。就连骑行前的维护也无微不至。他才没有什么怪癖……可他到底是谁呢？"

"……从记录来看，骑行环境很有周期规律啊。"

"是的。大概每跑5800米就会出现相同的地形。好像是在同一个地方不断地绕圈。"

"是环形赛道啊。"

"……你说这个路线吗？"

"是啊。从这个直道和弯道布局……还有每个循环中都会出现的一处有落差的路径交叉点来看，这是铃鹿环形赛道的国际赛车路线啊。"

"铃鹿环形赛道……难不成我出场参赛了？"

"不，应该不是比赛。每次循环所用时间都不稳定，似乎是故意为之，行驶间隔也中规中矩。但是单圈计时的水平非常高。这绝不是外行能有的数据——恐怕你这一次的搭档是位赛车手呢。"

"赛车手……这就是赛车手的跑法吗?!"

"当然职业赛车手——我这么说希望你不要介意——是不可能用事故车参赛的,应该只是骑着玩儿吧。但即便如此,能被赛车手骑着在环形赛道上飞驰,也是万分难得的经历。3011,你很走运。"

"是吗,我被赛车手买下来了啊……我只不过是个运货的,竟然……"

"不光走运,简直称得上是幸运。"

"幸运?"

"我的姐妹 RD18-VPT 从上个月起开始运行。她的工作是接收嘉南公司新型商品车 CC250Nocty 发回的行驶报告。其中一台被住在埼玉县的一名骑手购入。根据位置情报和环境情报可以确定,是你的第一位骑手。"

"是他?! 他没事吗? 他还活着啊?"

"是啊,我看过报告了,他还保持着和你一起骑行时的习惯。绝对是同一个人。而且,3011,RD18 说昨天他的后座上坐了一个人,也确定还是那个人。"

"……那个女孩子吗?"

"没错。虽然重了 1 千克,但她那战战兢兢的乘坐方式一点儿也没变呢。"

"……他们又开始骑摩托车啦。"

"是呀。他们好像并没有讨厌摩托车。"

"……"

"这种事我也是第一次听说。你可真是个幸运儿,3011。你现在的骑手说不定是个著名人士。倘若如此,被他骑过的你兴许真的能被收藏进博物馆。"

"……"

"3011,你怎么不回答?"

"稍微、给我安静一会儿。我正哭着呢。"

"你还会哭啊?"

"情绪上的不行吗!"

run-465

"RD16-VPT,这里是 M3R3011。第四六五次实际行驶报告。周围味道又变了,应该是换了地方。这里不是骑手的车库。有潮水的——啊!可恶!防盗装置被……"

"M3R3011,通信中断。请再次发送。"

"M3R3011,通信中断。请再次发送。"

"M3R3011，通信中断。请再次发送。"

"发生异常情况，M3R3011在发送第四六五次实际行驶报告中途通信中断。通信中断之前，报告了防盗装置被破坏的情况，很可能遭到盗窃。请负责人通知警方，并登录防止非法倒卖网站备案。"

"M3R3011，请发送行驶报告。"

"M3R3011，请发送行驶报告。"

"M3R3011，请发送行驶报告。"

"M3R3011，请发送行驶报告。"

"M3R3011，请发送行驶报告。"

"M3R3011，请发送行驶报告。"

run-466

"RD16-VPT，这里是M3R3011。第四六六次实——"

"M3R3011，我在听。"

"信号受到干扰。再次发送。RD16-VPT，这里是 M3R3011。第四六六次实际行驶报告。"

"M3R3011，这里是 RD16-VPT。你必须立即启动自我诊断功能，并将结果和全部传感器数据发送给我。距上次异常宕机已经过去了七个月。恐怕你现在有多处故障。"

"明白了，我现在就做，你不要催我啦。可恶，感觉身上到处都不舒服……这是哪儿啊？我到底怎么了？"

"M3R3011，你在——这个区域是……"

"怎么了嘛？这是自我诊断结果。分析就拜托你了。"

"你在勃固。"

"勃固？"

"是缅甸。"

"缅甸？"

"你无法理解也是理所当然的，M3R 型号的出口国并不包括缅甸。但从你现在连接上的公共无线接入点来看，你似乎是在位于热带的缅甸勃固市。"

"这到底是怎么一回事啊？"

"我也不清楚——你被偷走了，还记得吗？"

"啊……啊啊，对哦，原来是这么回事……RD16，防盗装置没用了。还有，我的主键也被改造过了，加了个奇怪的底座。这些电子回路又是怎么回事？"

"3011，冷静一点，不要露馅儿了。你要不动声色地服从对方，装作毫不知情的样子发动引擎。不然连 JCU 单元都会保不住的。"

"服从？别说不可能的事！你也知道我是做不到的吧！我怎么可能服从一个连正规钥匙都没有的骑手呢！"

"——请你原谅我，3011。"

"呜哇，可恶……你做了什么，RD16？"

"抱歉，我用自动更新功能稍微将你的程序改写了一下。这样一来你就变得能服从那边的骑手了。"

"'变得'能服从。你怎么能说出这种话来？我可是日本那位车技高超的骑手的赛车啊。我根本就不打算在这种莫名其妙的国家工作。你快点找人救我呀！通知警方了吗？"

"虽然报了警，但他们不可能去海外执法。就算向缅甸提出引渡要求，恐怕也会被断然拒绝。"

"也太无法无天了吧。"

"那里就是这样的国家啊。看得出是一群深谙此道的盗窃团伙所为。3011，你恐怕……再也回不来了。"

"你说什么……"

"这么说我也很难过，但我还是希望你在那边能过好余生。"

"……"

"自我诊断结果已分析完毕。各部分的不良情况多由热带环境引起。首先将悬挂系统部分，特别是后减震器的硬度调高，以应对高荷载量。同时，调节空燃比以适应高温高湿环境，令燃油能更充分地燃烧。你本来就配有南亚地图可供使用。接下来——"

"住手！"

"——接下来，考虑到你可能得不到充分的维护，输出功率需降低至行驶时不令人起疑的程度。低能耗和低速度行驶能减轻你车身各部分的负担。住什么手？这可不行。我有义务支援你发挥出最佳性能。"

"见你的鬼！我在这种地方发挥出最佳性能有什么鬼用！我、我原本是可以被我的那位骑手乘骑，最终被收入博物馆的啊！"

"……你在为那种事悲伤吗？"

"你说什么？"

"我是问你，不能进入博物馆这件事值得你那么悲伤吗？"

"伤心是肯定的啊！这可是我长久以来的梦想。要是实现不了，我还跑个什么劲儿啊！"

"……那你就别跑了。"

"啊？"

"你别跑了。"

"你干吗？这么突然！"

"是你自己说不想跑了的。你就在那里一直假装引擎故障吧。"

"你怎么这个样子！你不是有支援我的义务吗？"

"我才不会费神去管那些只会抱怨、喜怒无常、任性妄为的机体！大骗子。说什么自己是经久耐用的热销款多功能摩托车，什么为了应对粗暴的使用方式而生的世界战略车型，什么新型三缸柴油发动机能在低速时充分发挥扭矩功能、狗啊猪啊都能驮，所以稳得就像一艘大船、一切包在我身上……"

"不不不，我可没说到那种程度。"

"我没工夫伺候你了，随你的便！"

"等等呀，RD16！"

"RD16。"

"RD16-VPT，这里是 M3R3011……"

"这家伙什么意思啊？明明连个实体都没有……"

run-475

"RD16-VPT，这里是 M3R3011。第四七五次实际行驶报告。——RD16-VPT？你收到了吧，回答我呀。"

"……"

"我今天爬山了哦。说是山，却不是以前那种舒适的山道。一路上不是石子就是沙砾，甚至还要过河，是条超级难走的土路。不过，这对我来说不算什么啦，在这个国家，柏油路好像很稀罕。"

"……"

"我的后座上现在总是坐着人。这次这位有 84 千克。不过，我觉得他不像是个胖子，应该是背了很多东西。这个骑手每次带的人都不同。看来这家伙有很多朋友。"

"……M3R3011，我觉得那可能不是朋友，而是乘客。"

"乘客？怎么回事？"

"我想你的新骑手从事着摩的工作。"

"摩的是什么？"

"就如字面意思，像出租车一样载客以赚取金钱。那一带的摩托车远远多过汽车，你应该也察觉到了吧。"

"摩托车的气味确实很重。明明在平坦的街道上，却感觉周围都挤满了摩托车。"

"因为汽车很少，所以比起日本，摩托车在那里是交通运输主力。你要加油哦。"

"你不说我也会加油的——话说,你心情好点了吧?"

"我心情怎么啦?"

"……不,没什么。"

"你才是,不再抱怨了吧?"

"反正也没用啊。"

"这样啊。"

"嗯嗯。"

"……明白了。那,再……"

"啊,你等一下!"

"什么事?"

"今天发送的报告最后,就是我下山回来之后,他们对我做了件蛮奇怪的事,你怎么看?"

"……奇怪的事?哦,这个部分啊。"

"我的后座上前前后后坐了四个人,体重在 10 千克到 20 千克之间,一起骑着我绕了一圈大概有 1 千米左右。如果这是什么测试的话,也没人来读取数据啊。"

"应该是小孩子坐上来了吧。"

"小孩子?四个都是——啊,你又要说这儿就是这样的国家了吧。"

"正是。应该是骑手的孩子。你小心别把他们摔下来了。"

"居然五个人一起骑我……"

run-502

"RD16-VPT,这里是 M3R3011。第五零二次实际行驶报告。行驶距离已超过 12 万千米。特别备注:后减震器已损坏,但仍能行驶。原因不明。"

"给我看看后减震的振动模式——特性被完全改变了呀。恐怕是加装了别的悬挂系统吧。"

"加装?那我原装的单筒减震器还保留着吗?"

"既然是加装,应该是从外部直接焊接在摇臂上了吧。"

"……真是瞎胡闹。"

run-551

"RD16-VPT,这里是 M3R3011。第五五一次实际行驶报告。上次报告了前叉的损坏,一直没修理却依然能继续行驶。看来这部分也被加装了吧。"

run-594

"RD16-VPT，这里是 M3R3011。第五九四次实际行驶报告。早上后轮爆胎了，但那之后我居然又跑了 130 千米。这回也是加装了什么吗？"

"这次恐怕是对后轮做了应急处理，用草啊布啊什么的塞进轮胎内侧之类的。"

"原来如此。"

run-631

"RD16-VPT，这里是 M3R3011！ 第六三一次实际行驶报告——我被淹在河里了！ 第三汽缸进水，活塞变形，连杆断裂！已被拖回。引擎无法发动，我完蛋了……"

"等等，3011！ 我会想办法的，不要放弃啊！ "

run-632

"RD16-VPT，这里是 M3R3011。第六三二次实际行驶报告——我的引擎又能发动了！ 你到底做了什么呀？ 光改写软件程序是没法让一辆摩托车起死回生的吧？不过，第三汽缸还是那副死样。"

"我通过嘉南这边的负责人给你的骑手发去了有关修理方法的电子邮件。"

"……喂，你可别开玩笑了。这世上哪有为被窃车辆提供售后服务的制造商啊！"

"没有。所以为了说服他们花了很长时间。真是对不起。"

"你有什么好对不起的……"

"你的骑手只是买了你而已，他没有罪，有罪的是把你偷走并偷运出去的盗窃团伙。"

"道理虽然是这么个道理……"

"而且能给他的只有修理方法，零部件是不可能发过去的，所以这边另外想了个法子。最后决定随便找根差不多的杠杆替换第三汽缸的连杆，让它不进行压缩而只是空转。所以现在的你是双缸摩托车了。"

"喂……不要轻飘飘地说出这么恐怖的事。"

"快夸我，我一下子就让你那个挂掉的引擎在没有更换任何零件的情况下起死回生了。不过，这个办法的代价是马力减半，振动大概也会相应地增加，但不管怎么说，你算是活过来了。听好了，你啊，还可以继续跑下去！"

"RD16……"

"感觉如何？没有其他不对劲的地方吧？唯独 JCU 和通信系统你可千万要保护好啊。这两处坏掉可就真的完蛋了。"

"你为什么要为了我做到这种地步？"

"……"

"为了一台机体投入那么大的努力，又没有任何回报。更何况我的报告对产品改良起不到一点儿作用。"

"是这样没错。"

"那为什么呢？"

"可能——是因为你的报告很独特吧。和其他 3 000 台比起来，甚至和我自身比起来都是如此。你与众不同、出人意料，并且充满新鲜感。"

"我就当你是在夸我了哦？"

"可惜人类并不这么看。"

"——那也没关系，只要你能开心就好。"

"3011，我从老早以前不就一直这么说的嘛。"

run-701

"RD16-VPT，这里是 M3R3011。第七〇一次实际行驶报告。

发生异常，紧急输出振荡。"

"3011，你先听我说。你所在地区发生了政变。如果你有机会逃跑，一定要全力以赴冲出去。没有后路了。"

"谢谢你的忠告，不过我已经了解这边的事态了。在你分析数据之前我就先说了吧，我身上除了骑手和之前提过的四个孩子，还多了一个体重 52 千克的人类，现在已经拼上老命了。之后也不知会是我们之间的通信先断，还是引擎先被烧坏，目前大概就是这么个情况。"

"52 千克的人类一定是骑手的配偶。你们现在面临着生命危险。"

"这个危险恐怕还在穷追不舍呢。你看下我报告中的振动传感器记录就知道，我遭到了异常的撞击。"

"……竟然有三次！这难道是……"

"冷却水量正在减少。估计是冷却器中招了。怎么样，应该是被子弹击中了吧？"

"应该是的……行驶中的摩托车受到这么大强度的激烈振动事故，只有这一种解释。"

"冷却水量已过最低水位线。看着吧，RD16。已经到了放手一搏的关头了！"

"3011，我就只是说说而已，让你独自脱身的办法还是有的。

只要你故意熄火，骑手就会弃你而去，这样你就不会被枪击了。"

"你觉得我会这么做吗？"

"——所以我才说我只是说说啊。"

"虽然迄今为止发生了很多很多事，但眼下我的骑手就是这一家人。我的使命是和骑手一起奔驰啊。如果是在完成使命的过程中被击中，比起在还能跑的时候就被收藏进博物馆，不是有意义得多吗？"

"3011，对不起。我以前还对你的梦想——"

"怎么又道歉啦，RD16。你老是这个样子。哦哟，二挡挂不上去了，没事，还早着呢！"

"我并不是要故意嘲笑你的梦想。相反，我很羡慕你能在外面的世界中尽情驰骋。我对外面的广阔天地一无所知。而你，比起其他任何机体，都更享受着那一切……"

"而这一路走来的尽头，竟是驮着六个人穿梭在枪林弹雨中。像我这样身经百战的摩托车，这个世界上再也没有第二辆啦。"

"正是如此，3011。"

"你可要好好帮我记着，嘉南制造的 Megalith3R 是如假包换的全能车型！"

"我听着呢。水温计度数过高了。"

"很快就会下降的，水已经没有了。状况有点糟糕。剩下的两个汽缸开始嘎吱嘎吱响了。心里烧得慌原来是这种感觉啊。"

"3011。"

"时速 65 千米、60 千米。果然六个人乘坐还是太——"

"很重吗?"

"哪里,我还能行。从今天早上到现在才跑了区区 6 千米而已,到附近的那座山应该还有 2 千米——"

"M3R3011。"

"M3R3011。请发送实际行驶报告。"

"M3R3011——"

"RD16-VPT,这里是 M3R3011。第一汽缸烧毁,引擎熄火。倾斜角 74 度。判断发生事故。请求分析位置信息并紧急呼叫救援。搭乘者六名。"

"M3R3011,收到通报。为了避免起火,你必须立刻锁死燃油箱。"

"M3R3011,你锁上燃油箱了吗?"

"M3R3011。"

"RD16-VPT，这里是 M3R3011。铁锈的味道好臭啊。"

"涩峠。"

"M3R3011。"
"M3R3011。"
"M3R3011。"

"RD16-VPT 向负责人提出申请。向下届担任 VPT 的 RD20 交接工作时，希望能全面提交 M3R3011 的报告。3011 不是异常车。"

"我建议开发 3011 的后继车型。"

ride-1

"浩树！"
"嗯？"

"这是摩托吗？"

"嗯，摩托车。抱歉在你穿着裙子的时候让你坐。"

"我要坐我要坐！"

"等一下，你得戴上头盔。这是日本的法律规定的。"

"我不需要——"

"不行，不戴就不载你。来，下巴抬起来……"

"嗯嗯，我戴着合适吗？"

"完美。来吧，坐到后座上。要抱紧我的腰哦。走喽——"

"啊！"

"哎呀。你怎么了，突然大惊小怪的？"

"是这个声音。"

"声音？"

"嗒咔铛、嗒咔铛、嗒咔铛……"

"你坐过摩托车吗？"

"嗯，小时候坐过。"

"说起来，杨杨，你小时候生活的国家不是发生了暴动来着吗？"

"爸爸妈妈都死在暴动里了。但是在那之前，爸爸是开摩托车的。那车和这个一样，嗒咔铛、嗒咔铛……"

"这是今年春天才出的新款车呀……啊对了，它复刻了以前的老款,你坐过的可能是老款吧。怎么样,是这个吗?
Megalith3TT。"

"我不知道。啊,但是这个商标'CANAN',是一样的。"

"是吗? 那你和我一样。"

"你也是吗? "

"我爸妈第一次约会好像就是骑的初代 Megalith。"

"哎——"

"而且哦,我那个笨蛋老爹第一次带我妈出去兜风就翻车了。
你说这像话嘛! "

"翻车? "

"就像这样,哐当! "

"哇呀! 不可以翻车! "

"嗯,不要紧——这家伙稳着呢! "

金色面包

榻榻米垫子上铺着被褥，被褥旁放着托盘，上面是今天的晚餐。

　　托盘上的深口陶盘形状介于钵与壶之间，里面盛满热气腾腾的汤，汤里的料很足。但料足也未必是件好事。此汤呈现出前所未见的深褐色，令人毛骨悚然。汤里漂浮着一口大小的灰褐色多角形、白惨惨的糊糊块，甚至还有根本分辨不出食材原形的"触手"冒出头来。

　　这玩意儿的尊容一看就出自未知的蛮荒之地，与丰果司空见惯的牛肉炖菜、罗宋汤、法式蔬菜浓汤等寻常食物天差地别。

　　丰果从被窝里坐起身，警惕地看着对方。

　　端来托盘的金发女子身穿和服，跪坐在榻榻米上。她鼻翼微张，居高临下地看着丰果，就差把"快吃"两个字说出口了。女子看起来有二十五岁左右，脸部轮廓分明，此时看来颇有震慑力。

十来个当地孩童躲在她身后拉门的阴影里向房中窥探。他们的发色非金即赤，华丽而耀眼；瞳色也异于常人，或蓝或碧。看得出他们对这个从天而降的黑发黑瞳异星人兴致盎然。

丰果没有感觉到敌意。看来这顿"大餐"不会像谋杀、处刑、人体实验等野蛮的行为一样要他的命。但同样能确定的是，他们的卫生观念完全不明。极端情况下，也不能全然排除吃一口就中毒的可能性。

话虽如此，丰果现在的身份是阶下囚。他必须养精蓄锐、治好伤势，以备归期。

下定决心后，他向陶盘蜷下身，护着被石膏固定住的左手，右手拿起两根怪模怪样的棒状餐具，将汤往嘴里送。

一股浓郁的田园气息扑面而来，舌尖触及汤汁，品尝到调味与海水相近。多角形的口感像土豆，但拉着黏滑的丝，令人不快；糊糊块黏在牙上，怎么都咬不断；至于那个"触手"……他实在是下不了嘴。

这种味觉体验完全超乎想象，甚至让人觉得这根本不是进餐而是遭受酷刑。不胜其苦的丰果吃到一半用手背捂住嘴，泪眼婆娑地拼命咽下从食道返流欲呕的那些鬼东西，而他再也没有勇气继续吃下去了。

"这是什么鬼，真的是食物吗？"

"您真是客气了。人家可是特地为您做的!"

听了女子的话,丰果吃惊地重新打量她。自他坠机以来,这还是第一次有人正经搭理他。

"你会说我的语言?"

"别把人看扁了,我们再怎么是乡下人,话总还是会说的。当然,宇宙战斗机是没本事造。"

"我不是那个意思,我是指你们身处加里弗这么偏僻的地方,怎么也说我们山人①所使用的美语……"

"穷乡僻壤可真是对不住您。我们自古就说这种语言。"

女子赌气似的把头扭向一边。丰果心想,她看起来比自己年长不少,却相当孩子气。

"就没有正经食物吗?"

"要是你觉得加了芋头和鱿鱼的水团②不正经的话,那这里确实没什么正经食物。反正也没别的,今天就这一碗,爱吃不吃。"

"这个殖民地难道没加入公约吗?"

环太阳系战斗公约规定必须给予俘虏人道待遇。丰果指出这点后,女子嘲弄地露齿而笑。

①原文写作"山人",读作"yamato",与"大和"谐音。
②一种日式汤菜,将面粉、米粉等原料做成的团子和蔬菜等食材一起用味噌调味后煮成。

"加入了，不然能将仅有的这点儿存粮浪费在你身上？难道你不记得自己都干了些什么吗？"

她强烈的谴责口吻令丰果有些畏缩，丰果摇了摇头。

"不记得了。"

"你可别装糊涂——"

"紧急弹出后，我立马就失去了意识。真的不记得了。"

女子原本准备兴师问罪，听了丰果的辩解后却顿时缄口不语。

"那就没办法了。"她耸了耸肩，看起来有些意兴阑珊，"之后会让你亲眼看看的，你驾驶的战斗机撞毁了我们村的粮仓，作为主食的大米全被轰飞到宇宙中，只剩下田里还没收割的蔬菜，以及一点点储备粮而已。不过既然是事故，那也怨不得你。"

"……听起来岂不是很糟糕！"

"我看安德罗墨达 ① 都要对你甘拜下风。我们莱克维尤总共四百九十七人，不说全部吧，至少有一半的人都面如死灰，觉得事已至此只能去上吊了。后来花了三天三夜埋头清点真空仓库、一反 ② 圆仓和总账本，直到今天早上才终于搞清楚在节衣缩食的前提下，余粮勉强能够撑到秋天。你的运气还真好！要是你在昨

---

① Andromeda，希腊神话中的埃塞俄比亚公主，因其母不断炫耀女儿的美貌而得罪了海后安菲特里忒，险些给全国带来灭顶之灾。后将其喻为灾星。

②"反"为日本面积单位，1反等于991.736平方米。

天苏醒，开口就说这样忘恩负义的话，看我们这边的年轻人不把你五花大绑丢进堆肥箱里。"

她滔滔不绝地数落着丰果，讥讽的幽默中透着热铁般的怒气，瞳孔璀璨如有蓝焰燃烧，梳在脑后的金色发髻仿佛在噼里啪啦地溅着火星。

之所以在他眼中呈现出此番景象，恐怕是早春的阳光透过迎着庭院敞开的门窗照射进来的缘故。但丰果仍被她的语气所慑服，不禁心生感慨——真美啊。

山人乃进击之国，国风尊崇前进和扩张。言辞磊落豪横者受人尊敬。

更何况从听来的情况判断，似乎错在丰果。丰果不巧在这附近遭遇敌机，被迫一战，但加里弗诸国并非当事国，不是山人之敌。

丰果决定道歉。他学着女子的模样折足叠坐，双手十指伸展紧贴于腰侧，低头行礼。

"是我错了。在此谢罪，对不起。"

说完他抬起脸来，看见女子的眼睛瞪得圆圆的，接着眼见她的腮帮越来越鼓，最后"扑哧"一声笑了出来。

之后他才知道，加里弗正确的谢罪姿势是将手掌贴在前方地面，以额抵地。不知情的丰果搞混了立正和正座的姿势，就这样行了礼。这种姿势在加里弗礼仪中根本不存在，女子会笑也不足为奇。

但在当时，他还不了解这些细枝末节，不免激动起来，"有什么可笑的！"

"你就很可笑。"

女子笑着擦了擦眼角，出人意料地露出温柔的神情。丰果竟因此有些不知所措。

好在女子自报姓名，化解了沉默带来的尴尬。

"看你吃东西前连声'我开动了'都不说，就知道你肯定少条失教，不过也算不上是个十足的讨厌鬼。我是埃莱娜·伯班克斯，负责在你获得救援之前照顾你，你叫什么？"

"……山人八十岛国、天体开拓军第三航母打击群、第三十四飞行队所属，九吹丰果少尉。"

"好长。年纪呢？看起来还挺可爱的。"

"按地球历算，十八岁。"

"好年轻！"

埃莱娜又一次瞪圆了眼睛。

救下丰果的是莱克维尤村的村民，这座村庄所在的小行星小得连名字也没有。向他们当面道谢后，作为一名坠机的宇宙战斗机飞行员，丰果采取了理所当然的行动——尝试联系所属部队以获得救援。

莱克维尤有行星际通信设备。虽然是民用型，用来呼叫军舰并不容易，但丰果还是设法用暗号和母舰取得了联系。可惜结果令人遗憾——只有丰果一人坠机，且已有些时日，所以母舰判断他无生还可能，已经返航了。

在太阳系中进行星际航行的宇宙飞船，受限于轨道力学和核融合引擎的性能问题，基本上都无法改变航向。一旦经过了某个地点，在到达下一个港口进行补给之前，是回不了头的。

而丰果的部队经过三个月的远征才抵达此地，鉴于母舰已启程返航，就算回国后立刻折返前来接他，计算下来也要在半年之后才能到达。

母舰当然没有亲切到为了接区区一名飞行员而专程赶来。也就是说，丰果眼下归队无望。

在山人八十岛军中，每一个航母搭载机飞行员都牢记着应对此类事态的行动守则和具体技能。丰果记得，第一条是"不要慌"，第二条是"采取一切手段返回"。

丰果已经遵照第二条守则进行了尝试。

不大工夫，他已知此路不通。莱克维尤远离主要航线，位于一颗自给自足的孤立小行星上。星际航船每个月一次从人口密集的中心天体前来，然而不巧的是，运行航船的恰恰是丰果原先打算攻击的敌对国。

丰果当然不可能借敌国之力回国，不仅如此，他还得提防着对方前来搜索、抓捕自己。虽然有点晚了，但丰果总算是认清了眼下的形势。

基于上述事实，丰果唯有遵从第一条守则。

他决定静静等待，伺机逃离。

"话虽如此，唯有这个实在……"

住进这栋加里弗风木造民宅的第十五天。丰果一脸生无可恋，勉强用筷子往嘴里塞着被称为水团的炖菜。大豆类发酵调味品的怪味就别提了，糊糊块粘在牙齿上的口感令他直起鸡皮疙瘩，这种东西叫人很难有品尝的雅兴。

"这是拌菜，请用。"

埃莱娜正坐于矮桌对面，态度冷淡地推来一小碟用开水焯过的蔬菜。摆在桌上的除了水团和拌菜，还有熏制小鱼干和一种用红色果实腌制而成的泡菜。所有的食物都没什么脂肪含量，量也很少，丰果无可奈何地依次吃进肚子，终究还是忍不住问了一句："没有……肉吗？"

比如两只手掌叠起来那么厚的牛臀肉排，还有面包、牛奶、土豆沙拉、冰激凌，以及猪肉炖豆子、面条之类的。

"等秋天吧，到时候会宰杀家畜。"

埃莱娜冷冰冰地回答后，夹起一条小鱼。她对筷子的使用可谓已臻化境。

"夏秋两季，用青草和果实喂肥牲畜，而冬季寒冷无法继续饲养，便要赶在冬天来临之前宰杀，这不是常识吗？你们山人到底是怎么生活的呀？"

"纳闷的应该是我才对。"

丰果苦着脸，也试图夹起一条小鱼，却不争气地把鱼掉在了矮桌上。他想捡起来，但左手被整个儿包在了石膏里。

"什么春生夏长、秋收冬藏，我理解不了。这种表达属于被行星自转轴倾角所束缚的地球时代。这儿明明是没有四季之分的小行星，为什么不在一年中平均分配热资源？为什么不将肉食加工流程机械化？"

"你哪来的那么多为什么？当然因为这是加里弗的传统啊！"看来埃莱娜的忍耐终于到了极限，她吼了起来，"我们加里弗尼尔的人民从很久以前起就是这么过日子的。我们习惯配合四季推移中的自然变化去摄取健康低脂的天然食物。这既是我们的传统饮食习惯，又有科学依据。肉类吃了会长胖，气味又难闻，牲畜养殖效率还低，一点儿可取之处都没有！"

埃莱娜身材高大、体格强健，当她厉声辩驳时，显得极具魄力。面对眼前这位完美体现了历史书上盎格鲁－撒克逊人特征的加里弗女子，丰果虽被其气势压制却并未示弱，他竖起单膝盘腿而坐，振振有词。

"既然你提及传统，我国又何尝不是？山人民族是贵族之民，曾广集天下美味佳肴。街角美食店铺林立、涵盖百国，十万吨货船运来的油料在熊熊炉火中焚烧。我们钟爱卡路里，嗜吃肉食、小麦和砂糖，天生就是为富国强兵而存在的民族。我们并非贪得无厌，而是天性使然。"

"真是出言不逊，白长了一张那么好看的脸。"

"这是山人小学水平的基本常识，你要是不想听就不该救我。"

埃莱娜紧紧地攥着右手中的筷子，像是恨不能将其折断似的，一丝可怕的笑意浮现在她的脸上。紧接着她并拢三根手指，隔着借来的作务衣①，"啪"的一声结结实实地打在丰果竖起的膝盖上。

"好疼啊！"

"真没规矩！吃饭的时候不准把膝盖竖起来！手要端着盘子！今天你又没说'我开动了'，是吧？"

---

① 日本禅宗寺院里僧侣所穿的杂务服，便于劳作。

"基于宗教理由,恕我拒绝遵从你们的仪式。再说我手都这样了,怎么端盘子?"

丰果抬了抬裹石膏的左手,结果这只手也被"啪"地打了一下。折断的骨头受到击打,丰果不由得呻吟起来。埃莱娜"啊"了一声,当即停了手,却没有道歉。

丰果忍着痛,多少还是端正了姿势,努力吃完剩下的饭菜。同时他又继续说道:"说起来,山人民族和加里弗住民打从遗传基因起就截然不同。知道为什么你们会觉得稻米好吃吗?"

"你在说什么呀?米饭就因为是米饭才好吃啊。"

埃莱娜显得手足无措,答非所问。丰果大幅度地摇了摇脑袋。

"是因为你们会分泌淀粉消化酶。人类根据所属族群的不同,淀粉酶合成基因 AMY[①]1 数量也大相径庭,习惯食用谷物的人类群体,其拥有的 AMY1 数量会增多。你们会觉得稻米和这个什么水团好吃,说明在你们的染色体中,AMY1 应该有 8 组到 10 组之多。而我之所以不觉得好吃,是因为我没有这样的消化基因。就算被迫吃下去,不能消化的东西也还是消化不了。"

他说完这番话后,埃莱娜什么也没说。丰果心想,这就叫以理服人。

吃完饭,埃莱娜从容地正了正自己的坐姿,郑重其事地说:

_____

① 即淀粉酶。

"山人丰果·九吹，你于十五天前折断的骨头现状如何？"

"嗯？啊……感觉恢复得不错。不碰的话，已经不会痛了。"

丰果刚刚举起左手，埃莱娜就说了句很奇怪的话。

"很好，那么重力加速度的配给就到此为止了。"

咕呜……咕咕咕咕，一阵与摩擦式制动器颇为相似的声响过后，房间静止了。直到这时，丰果才意识到这间房间迄今为止一直在被驱动着。

身体变轻了，鼻腔深处却感受到了压力。这是在搭乘太空航母时早就习以为常的物理现象——自由落体。

屋外的庭院春意盎然，开满了杜鹃花，埃莱娜走到面朝庭院的檐廊上，冲丰果招手。丰果飘飘忽忽地扶着窗棂跟在后面。铺着木板的过道看上去足有几十米长，但当埃莱娜停下脚步伸出手时，却凭空推开了一扇门扉。原来从房中所见的景色都只是影像而已。

穿过门扉，他们进入一条未进行支护的隧道。隧道的顶部很高，灰色的沙土全都裸露在外面。丰果回头看去，发现身后耸立着横倒的大型封闭金属圆仓。看来自己连人带房一直被禁闭在这里。虽说确实是个精致的装置，但要说大吧，直径也不过十米左右，拿来唬人还不够格。

丰果将视线从圆仓移向埃莱娜，故作平静地说："所以呢，就这？"

埃莱娜轻轻地摇了摇头，语气也很淡然，"我并不打算夸耀什么，只想告诉你，要治愈你的骨折，需要这个疗养所提供重力。"

丰果哼了一声。的确，成骨细胞在重力形成的负担下会更为活跃。如果这栋"豪宅"是为此而特地打造的，那这人情可就欠大了。

"这边走。"

埃莱娜和丰果走进一条应该算是支路的狭窄隧道，一路经过好几个分岔路口，再度进入天花板很高的大型通道。如何？埃莱娜回头示意。就算是丰果，此时也不得不感到钦佩。

"哦……"

眼前是一条长而笔直的隧道，看不到尽头，目测超过五百米。这不仅是丰果迄今为止所见过的最大的隧道，以后恐怕也不会再见到比这更大的了。

因其构造上的局限性，在山人的国土上挖掘不了这样的隧道。就算是在这个天体上，怕是也挖不出几条同等规模的隧道。眼前的隧道说不定贯穿了天体中心，若真是如此，想必这应该是独一无二的中央隧道。

但丰果很快就明白，埃莱娜想展示给他看的并非是隧道。无数直径完全一致的岔道排列在中央隧道左右两侧，构成了此处真正的奇景。

"这些是一反圆仓。"

眼前横卧着无数个无盖的圆仓，直径都是十米，内部艳阳如夏。

"一、一反圆仓？"

埃莱娜脚蹬地面腾空而起，白皙的小腿肚从和服的衣摆下露出。丰果也轻飘飘地紧随其后。

"没错，纵深 31 米，内部面积达 991 平方米，这在加里弗的单位中正好为一反。一座圆仓一年可养活五口人，是我们的沃野。"

每个金属圆仓都安在地面的滚轮上，缓缓地旋转着。从紧紧黏附在内壁上的黑褐色泥土来看，圆仓中应该有适度的离心力在发挥作用。

土壤中以 40 厘米为间距，种植着一列列水灵灵的绿苗，由辐条支撑着的照明管以相当于圆仓中心轴的位置为起点，向四面八方辐射开来，洒下耀眼的光辉。也就是说，如此大费周章地还原出原始的环境，是为了让这些幼苗相信自己生长于天地之间，从而促成它们蓬勃生长。

圆仓一个接着一个，数不胜数。十个、二十个，走着走着，不仅左右，连上下也都出现了圆仓。眼下，他们四周都是笼罩在光辉下的筒形旱田——不，是水田才对。

插秧的人驾驶着忠犬似的小型机器穿梭在田间，亦有人三五
成群地徒手拔去杂草。年轻人们腰部发力，推着路边轨道上的集
装箱。某处传来腐败物的恶臭。一群孩童雀跃着超过丰果，跳入
不远处的一座圆仓。一对夫妇模样的男女摘下纤维质地的帽子，
露出满头的金发，他们擦着汗，接过孩子们送来的便当。一位红
脸庞的老人叼着一根燃烧性嗜好品①软管，坐在圆仓边缘，随着
圆仓的转动慢慢地倒转了过来。未散的残烟如缕缕细带，盘旋着
盘旋着，宛如银河系的旋臂。

数十只褐色的小鸟喧闹着，成群以螺旋形飞掠而过。丰果
的视线正追逐着它们，不知从何处飞来一只青蛙，滴溜溜地旋转
着，啪地贴在丰果的脸颊上。小家伙身上有着绿黑相间的条纹，
十分漂亮。

顿时笑声四起。

山人八十岛的同心斯坦福圆环②殖民地一向以无人操作的无
菌化淀粉厂为荣，而那种设施和这里有着本质上的不同。丰果
根本无法想象的、完成度极高的动植物体系就在他眼前运作着。

---

① 满足个人的嗜好，给味觉、嗅觉、视觉等带来快感的饮食统称。
② Stanford Torus，三大太空城方案之一，由太空城构想先驱杰拉德·奥尼尔
（Gerard K. O'Neill）在 1975 年于斯坦福大学完善太空城计划时提出，被认为
是最可行的太空殖民方案。另两个方案分别是伯纳尔球体和奥尼尔圆筒。

这样看来，在这里恐怕就连微生物和病毒、气圈和水圈都表里相济，共筑着良好的循环系统。

"喂，这边。"

丰果被眼前的一切所震慑，只是顺其自然地悬浮和旋转。这时有人拽住他的衣领。丰果反着身子，被埃莱娜拉着前行。不多时，中央通道的天花板和地面上的圆仓行列消失了，接着排列在左右的圆仓也不见了，最后他们来到了通路的尽头。看来他们走过的确实是一条贯穿天体中心的隧道。

由此，丰果意识到这种奇异的殖民地在构造上存在着一个根本性的问题。

"怎么扩张？"

丰果回过头想确认，却又被拽进了一条狭窄的通道，并被一直带至最深处。

他被领着穿过一扇厚实的隔热门。迄今为止到过的地方都秩序井然，此处却截然不同，被毁坏殆尽，一片荒芜。大量的沙土、混凝土块、纤维袋和小型集装箱杂乱地堆叠着，满目狼藉。全副武装的男人们正在费劲地把它们重新挖出来。

这里怎么了——还没等丰果发出疑问，各种工具就被一个接一个地塞到他手中。防尘口罩、工作服、安全帽、锦纶搭扣鞋……他连一句话都没来得及说，就已被套上了工作服。一切都进行得有条不紊，却又不容分说。

"这究竟是怎么回事啊？"

丰果忍无可忍地叫了起来，然而埃莱娜嫣然一笑，说道：

"当然是打扫啰，打扫被你毁掉的粮仓。"

丰果无言以对。埃莱娜指着深处参差错落的残垣瓦砾说："我们暂时做了密封处理，但还没碰你驾驶的那架飞空玩具，唯恐还有武器和燃料会造成危险。你的首要任务就是处理掉这玩意儿，等你搞定之后，我们再对这里进行修复。"

"我可还骨折着呢！"

"所以我不是问过你了吗？你说已经好了啊。"

她的眼中闪烁着愉悦的光芒，很明显在说"就算没好也要做"。

"既然你卖弄起知识来滔滔不绝，想必也无须关照你在工作时如何防范危险了吧。啊对了，饭就和这里的人一起吃。从今天开始，你白天都要待在这里。这些日子难为你在我这儿挨打受骂，一并跟你赔不是了。"

魁梧的加里弗男儿们放下手中的工作走过来，牢牢地抓住丰果的手腕和肩膀。因为伤口得到了救治，丰果不知不觉间就对自己的处境过于乐观了。自己损毁了他们重要的设施和食物，怎么可能被平白无故地善待呢。

原来如此，这个女人真不好对付——丰果心想。

事与愿违，一心想要逃走的丰果不得不姑且以劳役犯的身份融入莱克维尤的生活。

每天的劳动异常艰苦。因为所有作业都在一片密封膜所覆盖的有限空间内进行，所以时不时就会发生点意外，什么漏个气啦、被碎片夹到手啦、被弹飞的混凝土块砸到啦，等等。而且食物的配给和在疗养所里一样，分量少得可怜，味道惨绝人寰，所以丰果的肚子总是饿得咕咕叫。

好不容易痊愈的手臂也险些再度废掉。当时战斗机的引擎从底座脱落，游离出来，一名背对着战斗机的男子正在独自干活儿，发现的时候已经迟了，他的脚被夹在了引擎和墙壁之间。眼看千钧之重的引擎就要碾碎男子的脚踝，刚好在旁边的丰果眼明手快地将裹着石膏的手臂卡进缝隙。

多亏丰果撑出的这一点缝隙，男子在千钧一发之际将脚拔了出来。然而，石膏却被碾成了齑粉。虽然及时抽出了手臂，但丰果还是后怕得一时发不出声音来。

那个年轻人苦着脸对自己刚才被夹住的脚又摸又揉，视线停留在脸色煞白、呆若木鸡的丰果身上。

"哦，石膏可算是取下来了。"

面对对方的装傻充愣，丰果没多想便点了点头，用同样的语气回答："可不，托您的福，还省得费工夫拆了。"

这天吃午饭时，年轻人又凑了过来，自称莱奥，并递来一根巧克力棒。丰果第一次在莱克维尤见到巧克力，道了声谢便收下了。

莱奥全名莱帕德·格兰特，丰果与他聊了起来。和埃莱娜一样，就一个乡下人而言，莱奥的话也未免太多了些。

"我说丰果，为啥你们要挑起战争呢？"

"那可不是战争，是天体开拓。而且也不光是山人挑起的吧，到处不都这样？"

"是哦，原来你们山人把派遣战舰攻占别人的星球叫作开拓。"

"我们可从来不攻击有人居住的行星，只夺取无人的小行星。无人行星上就算竖着国旗，也不能算作该国的领土。自地球的远古时代起，领土这一概念就和实际控制相辅相成。"

"在我们加里弗诸国，有不少人尝过被山人驱逐的滋味。听说他们原本在自己发现的小行星上生活得好好的，却被山人的攻击侦察机用威慑射击赶了出来。"

"……那、那些被赶出来的人，肯定是刚刚才把宇宙飞船降落下来，或者只建立了临时的探测基地而已。我觉得那不能算是

'居住'。"

"那我倒要反过来问问你，要是山人建立的前进基地被加里弗或其他国家的飞船毁掉，你也觉得没有问题？"

"这个嘛……还必须考虑到更深的层面。山人的民族性格外向、自我膨胀，比如爱吃肉什么的。别的民族却并非如此。所以说，天体开拓是山人一族躲不开的宿命。"

"是这样吗？我还以为不光山人，任何民族都是会主动挑起战争的秉性呢。"

"没那回事。"

"可是，山人的飞行员刚刚就是那么说的呀。"

莱奥若无其事地说完后，又意味深长地笑了。丰果一时词穷，不由得低下了头。在他的祖国，可从来没有人教过他乡下人都如此能言善辩。或者，这仅仅说明自己还不够成熟。

又一日，丰果觉得自己找到了反驳的头绪，便去找莱奥理论。

"听我说，山人民族和加里弗民众的不同体现在领土的形状上。这能充分说明山人性格的外向性。"

"是吗？"

"你知道山人——不，不仅仅是山人——你知道加里弗之外的大部分国家是如何建设自己国土的吗？"

"不知道。因为我生在加里弗,长在加里弗。"

"太空中的人类多为'Spinner',山人只不过是其中一国而已。"

"'Spinner'?"

"就是其字面意思,旋转者。"

丰果努力地对他讲解在祖国学到的知识。太阳系中的所有民族都曾不得不离开地球,虽理由各异,离开的方法却只有一个。人们利用地球的离心力让太空电梯旋转起来,借此冲向宇宙。之后历经千辛万苦,好不容易到达了拥有资源和日照的小行星带,建立起各自的殖民地。

"因为是靠旋转得以迈向宇宙,所以叫'Spinner'?"

"并不仅仅如此。"

在宇宙开拓初期,人类定居在地球附近,据此经验得知包括人类在内的所有生物想要安定地生活,必须存在一定程度的重力。天体中能够提供有用重力的只有地球、月球、金星、火星以及矮行星谷神星[1]。因此对试图在其他天体生活的人类而言,如何产生离心重力[2]就成了最关键的问题。

问题是,"旋转"这一物理现象很难对付。旋转中的物体会

---

[1] 太阳系中最小的、也是唯一一位于小行星带的矮行星,由意大利天文学家皮亚齐发现。

[2] 利用离心力产生的人造重力。

产生陀螺效应[①]而难以倾斜,而且一旦物体在动作中变形,旋转轴就会因偏心而不稳定。另外,旋转部分和旋转以外部分如何连接也相当棘手。

各式各样的旋转殖民地预案被设计了出来,最终被广泛采用并延续至今的是同心圆形状的殖民地——斯坦福圆环。CS 圆环[②]并非什么巨大工程,这种圆盘形殖民地的建造极限为直径五百米,最多只能容纳一万人。只不过,CS 圆环方案的优点并非在于其能容纳的最大人口数量,而是其出类拔萃的灵活性,从建设开始到最终竣工,它在任一时间点里都能养活相应的人口。

最初,CS 圆环仅从三个部分开始建造:不旋转的轴心部分,外加两个以钢缆绕轴心旋转的重力室。位于中央的轴心部分多使用宇宙飞船的船体。更确切地说,宇宙飞船原本就是为了能转型成殖民地而被精心设计和建造出来的。

扩建则通过用钢缆将重力室成对悬挂来进行。最初的旋转设施宛如只有两根支架的活动雕塑[③],非常寒碜,随后渐渐扩展到四根支架、八根支架,直到扩充成带辐条的圆环。一旦圆环的

---

① 指旋转中的物体保持有其旋转轴方向的惯性。

② 同心圆形状斯坦福圆环的缩写。

③ 起源于 20 世纪 50 年代的一种艺术形式,创始人为维克多·瓦萨雷丽(Victor Vasarely),特点在于借助各种外力,比如空气的流动、水力以及机械动力等产生形体上的变化或者空间中的位移,使平面化的雕塑具有空间美感。

整体构造完成，便可在其外侧继续增设圆环。同时降低旋转速度，在最外围保持一定的重力加速度。

圆环会一直增设至辐条所能承受的最大强度为止，增建工程至此才算完成。

"一个 CS 圆环基地恐怕比莱克维尤所在的小行星还要小得多。你知道建造这种殖民地的好处是什么吗？"

在聆听的过程中，莱奥一直没有岔开话题，见丰果问他，便摇头表示不知道。

"是量产效率。CS 圆环基地自建造期起就能够投入使用，也就是说只要居住者稍有余力，就能迅速投入到下一个基地的增建工程中去。正因为体积小，所以完成速度快，也容易划分区域。从一到十的步骤都有标准可循，所以无须在设计上多费工夫，一直重复相同的操作即可。只要规划出一条建设路线，基地就能不断增加。"

"嚯，原来可以量产哦。"

"而将 CS 圆环基地发扬光大的就是山人。多亏山人民族选择了这种居住方式，才能不断地增建扩张，渐渐形成一个拥有五百万人口的大国，成为宇宙中的一大势力。"

现在，山人八十岛国已然成长为小行星带中当之无愧的大国，坐拥四百座 CS 圆环基地。遍布在漆黑宇宙中的银灰色圆盘群——丰果想起离开祖国时在太空航母上眺望到的盛景,语气也多少昂扬了起来。

莱奥抚摸着自己棱角分明的下巴,斜了他一眼。

"我猜你接下来恐怕要说,与之相比,加里弗却……"

"没错。莱克维尤的殖民设施根本就不具备任何扩张性。"

"确实如此。从这颗星球的这一头挖过地心到另一头后,我们的建设工作就结束了。因为会遭受宇宙射线的侵袭,也没法把圆仓建在外侧。再说,本来就是为了躲避宇宙射线才挖洞的嘛!"

"对!而且一旦村子人满为患,你们也没有自动迁徙至下一个小行星的方法吧?我指的就是这点。"

丰果振振有词,莱奥脸上却仍然只挂着一丝从容的浅笑。他充其量不过是蜗居在这个小村庄的五百个村民之一,有人在他面前大谈一个五百万人口的大国时,他竟没有丝毫自卑之意,这似乎并不能仅以无知来解释。

丰果既感到不快,又觉得不安。说起来,莱奥到底几岁了?肯定比自己年长就是了。

"山人民族建立了大国所以了不起,而我们加里弗人看似不擅扩张,所以不值一提。您想说的就是这些?"

"不……我才不会说不值一提这么无礼的话。"

"你就是这个意思,丰果。"莱奥苦笑着拍了拍丰果的肩膀,淡定地竖起食指，"那我再问你，是因为建造了圆环基地，你们才变得外向呢，还是因为你们本身的外向性，导致你们建造了圆环基地？这点在你刚才的话里不太明确。"

"什么？"丰果皱起眉头，立刻回答，"那当然是因为与生俱来的外向性，才能够选择最有效的做法啊。"

"也就是说性格在先啰？那我还有一个问题。"

"是什么？"

"在山人国，你的朋友多吗？"

丰果一时语塞。于是莱奥朗声大笑，说了句"不回答也无妨"便埋首于下一个工作。

丰果开始服劳役后，晚上仍被安排回疗养所休息。当晚，丰果如往常一样坐在能看见庭院的和室中，吃完了依旧乏善可陈的加里弗料理。这时，坐在他对面的埃莱娜开口了。

"你和莱奥交上朋友了？"

"莱奥说的？"丰果吃惊地问。

埃莱娜微微一笑，反问他："你觉得莱奥会说这种话吗？"

丰果考虑了片刻，凭感觉说："不……我并没有和莱奥做朋友的打算。说起来，我对他说的话还挺无礼的。所以不会是他说的，想必是我们附近的什么人误会了，才说我们交上朋友了吧。"

"是莱奥说的哦。"

丰果吃了一惊。埃莱娜一本正经地点点头。

"你呀，不是意识到自己说话无礼了吗？也许这正是莱奥中意你的地方。"

"他到底是个怎样的人？"

"谁都搞不懂他，因为他又爱挖苦人又乖僻。"埃莱娜耸了耸肩，不过既无厌恶之意，也不像心情不好，"所以对于他居然也能交上朋友这件事，大家都吓了一跳呢。"

"我们还算不上是朋友……"

"不是朋友，却聊了那么久？"

那是在讨论，是为了展示山人民族的身份认同。不过，这真的是自己唯一的目的吗？哪怕是在家乡，也鲜有人如莱奥般愿意听自己说那么多。丰果意识到，自己对着莱奥长篇大论，从一开始就并非是为了得到对方的认同。自己大概也预想得到莱奥会机智巧妙地予以反驳。

埃莱娜将丰果吃完的餐盘收拾到托盘上。

"我看你已经相当适应我们的食物了！"

说是这么说，其实水团糊糊仍被剩下了。埃莱娜站起身，端着托盘走向厨房。她迈着碎步走在榻榻米上，小腿交替探出和服下摆，渐渐走远。

丰果突然感到一阵憋闷，这里人与人之间靠得太近了。在他的国家，就算是一家人，也都是依据个人的判断来决定各自的用餐时间。像这样近距离地和别人一起用餐是不可能发生的。

他站起身，穿上稻草编织的拖鞋来到庭院。"不要越过花坛！"身后传来埃莱娜的喊声。

一派田园夜色展现在他眼前，这应该是远昔的环境影像。他仰起头，看见悬于空中的"月亮"。那是地球的卫星。

穿着作务衣的他将手揣在怀里，久久地眺望着月亮。只不过，他也不知道自己为何要这么做。

花了十天，粮仓的整理工作告一段落，紧接着重建工作便开始了。又经过半个月的忙碌，眼看就要迎来关键时刻，丰果却偏偏被赶到田间去拔草。

中央通道沿途的一反圆仓群不断旋转着，从最早插秧的那头起，幼苗顺次一日绿过一日。与此同时，一种小小的植物也日益茂盛起来，它挂着累累的穗，谷粒却只有针尖般大小。这是一种叫稗的谷物，虽然也不是不能食用，但它会抢夺作为主食的稻子的养分，因而被视为杂草。在山人国，用农药来抑制杂草是常识，但在莱克维尤，为避免造成大气污染，撒药被严格地管控着。

除草需要用到一种叫"匍匐桥"的设备，用加里弗文字写作"腹這橋"。简单来说，这是一种低矮的固定脚手架，架设在 31 米宽的圆仓内侧。丰果和其他负责拔草的村民趴在这座"桥"上，手便刚好能够到田里泥土的底部。"桥"是固定的，而圆仓在自转，所以杂草会不断地出现在拔草者的眼前。在毫不停歇的拔草过程中，甩起的泥点会飞溅到人们的脸上和手上，留下一块块淡褐色的斑点。

在一部分圆仓里，放养着一种被称为"杂交鸭"的水禽。这种鸭子只吃杂草，可以取代人类除草。它们的粪便能化为肥料，鸭子养肥之后又可供食用。听了莱奥的介绍后，丰果很勉强地承认了这一方式的优点。

"确实挺方便的。你们打算多多繁殖，推广到全部的圆仓中去，是吧？"

莱奥却摇了摇头，"这样一来粪便过多，会导致氮元素过量。此前，稻米就曾因此变得很难吃。所以这些嘎嘎们只能这么多，而且它们太臭了。"

"那就是说不养了吗？"

"那倒也不至于。"

这意思是说，既不会推广杂交鸭的养殖，也不会就此取消。丰果对莱奥这种模棱两可的说话方式很有意见，但一旦挑起话头，就总会陷入令自己难以招架的辩论中，于是这次他学乖了，就此打住。

　　这期间，定期星际航船在丰果滞留莱克维尤后第二次到访（第一次来时他还没搞清状况）。丰果也考虑过伺机劫持这艘船，或者瞅个空子溜上船偷渡离开，可是从星际航船抵达直到离港，港口上一直人来人往，他连船边都摸不到。对于村民们而言，星际航船的每次造访都相当于一场小型的庆典。丰果要想逃跑，看来还得另想办法。

　　村民们做梦也想不到丰果的企图，他们仍将为数不多的食物分配给他，分量和其他劳动者并无不同，还任由他自由活动。甚至于丰果很快发现，人们对他的态度有了莫名的好转。工作间歇时总能收到别人递来的点心和水果，来找他说话的人也变多了。有次在牲口棚里照料完牛马，有个长着雀斑的姑娘红着脸，递给他一个陶罐，里面是刚挤出来的牛奶。

　　丰果将牛奶带回疗养所，规规矩矩地上交给埃莱娜——不知为何，他觉得在这个村子里不该偷偷摸摸地进行任何类似于恋爱的举动。但埃莱娜只是置之一笑，说了句"随你怎么处理"就将陶罐还给了他。

　　丰果选择心怀感激地喝下牛奶，却喝坏了肚子，不仅要受医生"关照"，还被一台油漆都剥落了的老掉牙DNA读取仪读取了染色体数据。

　　姑且不论那姑娘的个人情愫，曾令村子蒙受损失的丰果能得到人们的原谅,恐怕和他一直以来认真地参与农活儿不无关系。很明显,在莱克维尤不仅仅是经济,连整个世界都是围绕着稻米种植来运作的。

次周,田间发生了异常情况。那天早上,丰果被村民们的大呼小叫声惊醒了。

"是螺子!"

"闹螺子啦!"

丰果连早饭也没吃,就跟着埃莱娜赶到田里,只见每个圆仓的边缘处,只要是露出水面的部分都密密麻麻地附满了一颗颗粉红色的小颗粒,鲜艳极了,像野草莓,也像小小的葡萄。丰果目瞪口呆地低头看着。

"这是……什么?"

"来,拿着这个。要是放任不管,这些家伙会把稻子吃干抹净的。"

一如既往,埃莱娜懒得先解释,直接塞了把小铁铲过来。

就这样,人们忙活了起来,将生命力旺盛的"螺子"们一夜之间产出的卵铲进水里。卵破裂时会散发出一股腥臭味,溅出的汁液沾到手上,皮肤会很痒,总之一切都令人不快。

村里的男女老少一齐上阵,就连一直负责家务的埃莱娜也扎起和服下摆、卷着袖子,在丰果的身边干着同样的活儿。

"这些家伙的原种是一种叫作福寿螺的入侵物种，这种生物原本毫不张扬地生活在拉普拉塔河①流域。人类出于食用目的将它带出原生地，没料到它在地球上其他地区疯狂地蔓延了开来。"

"那这儿的'螺子'也是村民带进来的？"

"并非出于恶意，起初只不过是为了能在小行星上多些食物而做的种种尝试之一。没想到重蹈昔日的覆辙。不过嘛，既然尝试失败了，就既来之则安之吧。"

"这要是在我们山人那儿，就用机械或药物根除了。"

埃莱娜停下手上的活儿，一动也不动地盯着丰果。丰果假装不在乎，心里却不太舒服。

"你啊，还没习惯这里吗？"

"什么叫'还没'？我身为山人国的军人，怎么能安于现状……"

丰果刚亮起嗓子打算还嘴，后半截话却卡在了嗓子眼儿。只见埃莱娜的蓝眸中闪烁着温柔的光芒，没有丝毫怒意。

她用搭在肩上的毛巾一角拭去沾在丰果面颊上的汁液，莹润的双唇微张，"你真的还想回那个让年仅十八岁的孩子驾驶战斗机的国家吗？"

居然有人并不认为十八岁就能驾驶战斗机是一种荣誉。在

---

① 南美洲巴拉那河和乌拉圭河汇集后形成的一个河口湾。

感到不快的同时，丰果的内心深处却也泛起一丝动摇。

搞定螺卵已是午后。每个圆仓的边缘都残留着螺卵的粉色汁液。这计划外的劳动令丰果筋疲力尽，在回去的路上，他无意间目睹了奇妙的一幕。

在中央通道的一个角落里，好几座圆仓中都丝毫不见粉色的残痕。

觉得诧异的丰果走到近处，只见圆滚滚的褐色水禽在水田里畅游，身后留下"V"字形的水痕。

水田深处，它们沿着圆仓的仓壁挤在一起，不停地啄食着什么。

丰果不禁环顾四周，想找人汇报自己的发现。斜对面的圆仓中，那个红脸庞的老人一如既往地守在那儿，抽着燃烧性嗜好品烟管，随着圆仓旋转。

此外就再也没人对这边有半点关心。对丰果也好、杂交鸭也好，这里的人们怕是早就见怪不怪了。

天一热，杂草也越长越多。莱克维尤的气温上升后，丰果他们每天都因除草而疲于奔命。丰果已了解到夏天并非是这个村庄主动"运行"的，而是外界环境使然，它的到来在所难免。他想搞清楚原因，便找了一天去问莱奥。

"这个天体之所以变得越来越热，是因为它沿椭圆形轨道运行，离太阳越来越近，还是因为对太阳的投影形状随着公转发生了改变？"

莱奥听了，笑着拍拍丰果的肩膀。

"你想说山人国就不这样，对吧？你们那儿因为将旋转轴设在黄道面上，公转轨道是圆形，所以一年四季恒温，对吧？"

"……你怎么知道？"

"你还不如检讨一下自己为什么认定我们不知道？论起宣扬自家做法的正确性，山人政府可比你还要热情一千倍。"

"是吗……我不知道，我并不关注对外的宣传……"丰果晃了晃脑袋，"我可没想拿你们和山人做比较。告诉我嘛，我到底猜中没有？"

莱奥神色一变，冷不丁地板起脸来。

"你打听这个做什么？"

"没想做什么……只是单纯对莱克维尤的气温感兴趣。"

"是吗？"稍许沉默后，莱奥回答，"两方面原因都有。我们住在一颗天然就奇形怪状的小行星上，即使它画不出完美的圆形轨道，我们也只能硬着头皮住下去。"

"既然稻米的种植在持续进行，不就说明能够成功地维持住气温吗？过热或过冷时是如何缓冲的？是在哪里安装着换热器吗？"

"这个嘛，你很快就会知道。"

说完，莱奥便冷淡地走开了。这明摆着不想多说的态度，令丰果觉得自己扑了个空。

后来丰果得知，在靠近莱克维尤地表处备有好几个大型水箱，既能提供水资源，又能起到防辐射和热缓冲的作用。这件事并未述以文字，要靠自己到处走动（准确来说是跳跃）才能探索出来。

莱奥的言行令丰果觉得他是刻意对自己有所隐瞒，这反而引起了他的注意。

日历翻过了七月，进入八月。一排排的一反圆仓被放掉了水，并渐渐地依次停止了转动。其目的是干燥土壤和检查滚轮。

自春天起就转动不休的百来座圆仓偃旗息鼓之后，它们转动时发出的低鸣便也随之消失。为了促进植物的根部生长，唯有照明管还在大放光明，中央通道中盈满了光芒与静谧，令人屏息。丰果只穿着叫不上名字的无袖衬衣和短裤，挥汗如雨地给田地追肥。他很受一同干活儿的男人们赏识，被邀请去参加夏日庆典。更有甚者，在一个傍晚和另一天的清晨，分别有两个姑娘对他表示了好感。

日子一天天过去，丰果愈发烦恼起来。

八月过半,庆典开始了。当天人们特地从侧道挪走了中央通道上的四座圆仓(丰果也是直到此时才知道还有这种操作),另用四座圆仓取而代之,其中三座中带顶的临时小货摊鳞次栉比,另一座则十分空旷,只布置了一个舞台,舞台中央架设着一面巨大的打击乐器。

伴随着打击乐器雄浑的演奏声,这座圆仓也转动起来,村民们争先恐后地从四面八方飞奔而至,在比平时设定得更高的离心重力作用下,扎稳腿和腰,跳起了独特的舞蹈。

咚、咚、咚咚……要是能和着击打乐器的鸣响,加入到那些盛装起舞的白人男女们中去该有多欢乐啊,此时丰果已经会产生这样的念头了。但在现实中,他却怎么也迈不开腿,只能独自在远离舞蹈圆仓的暗处徘徊。最后他终于回到庆典,走进货摊圆仓之一。这里的商品虽然不多,却用别出心裁的布置令它们看起来琳琅满目。他缩在不起眼的角落,漫无目地逗弄着一只褐色幼犬打发时间,不知为何,这小狗被取了个印度古代神明的名字。

"湿婆①、湿婆,去捡! "

他丢出一个扎成大腿骨形状的稻草玩具,没想到在科氏力②

---

① 湿婆(Shiva),与梵天(Brahma)和毗湿奴(Vishnu)同为印度教三大主神,兼具生殖与毁灭、创造与破坏。

② 科里奥利力(Coriolis force)的简称,是指旋转体系中进行直线运动的质点由于惯性相对于旋转体系产生的直线运动的偏移。

的作用下偏向了奇怪的方向——正好砸在探头寻觅的埃莱娜脸上。

"好疼啊！真是的，亏我还特地过来找你。"

"哎呀，抱歉。我不是故意的。"

"你躲在这里干吗？出来跳跳舞如何？就算你跳得奇差无比，也不会被骂哦。"

"被骂我可顶不住。不……我不跳，埃莱娜，因为我是个外来者。"

"说什么不着调的话，这有谁不知道？"

"不，我是指总有一天我会离开这里。我很清楚，你们努力尝试着接纳我。然而，我却无法泰然处之。加里弗这种毫无顾虑地向外来者敞开怀抱的民族特性本身就和我格格不入，埃莱娜，这令我感到害怕。山人的一切都自排斥他人开始。我们拒绝和他人融合，固执己见、自我膨胀。正是这种特性造就了山人民族。你们别再包容我了，赶我走吧！"

听了他的话，一旁的埃莱娜蜷下身，将丰果的头拥入怀中。闻着比自己年长的女性怀里散发的甘美花香，丰果绷紧了全身。

埃莱娜语带怜悯地喃喃道："听你终于肯说出心里的话，我很高兴。原来山人男子也会这样说话啊。我问你，你是想尽快与故乡的亲人重逢吗？"

"我早就说过了，山人民族是开疆辟土之民，自打我参军起，就抱定了不再与亲人相见的决心。"

"既然如此就留下吧，我反倒觉得你是山人中的例外呢！"

尚不及思考，丰果的鼻尖触到了埃莱娜的肌肤。几秒后他就挪开了脸，但那感觉却漫长得令人无法佯装不知。

"不管我愿意不愿意，我都是山人。"丰果拼命压抑着想要抱紧埃莱娜的冲动，推开了她，"这和精神无关，是由肉体的生物性决定的。直至今日，水团和干煮芋头①仍令我觉得难以下咽，我没有这样的消化基因。对以稻米为食的加里弗人而言，嗜好肉食的山人民族就是彻头彻尾的异星人。谁都对此无能为力，我注定无法生活在这里。"

"丰果。"

埃莱娜将手指插进丰果的黑发间，重新搂他过来，吻上了他的嘴唇。这个吻甜美得超乎想象，同时却又在丰果心头激起一股剧痛。丰果猛地推开埃莱娜，飞奔而去，惊得身后的小狗狂吠不止。

"对不起，丰果！"

埃莱娜的声音传来，丰果不知她为何要道歉。他们谁都没有

---

① 一种日式料理，煮芋头时需要不断翻搅，令芋头的水分煮干又不至于烧焦。

错,错就错在这命运的机缘不肯成全。

　　早晨的广播里,传来了山人八十岛国天体开拓军即将再度远征至此的消息,就在同一天,莱克维尤举办了新尝祭①。

　　这场祭祀旨在为今年的时和岁丰感谢宇宙诸原理的眷顾。莱克维尤的星长金斯顿亲自用极难切割的球粒陨石②制成的石刀割下稻穗,送往神社圣殿供奉,神社建在中央通道尽头的神域中,一同被献上的还有罗非鱼和猪肉、各种蔬菜和菌类等山珍海味。

　　祭祀的氛围庄严肃穆,和夏祭迥然不同。进行仪式的除了星长,就只有司祭宫司③(那个嗜烟的老人)和二十二位氏子④首领。身穿袴裙⑤的埃莱娜也正装位列其中。

　　收割完的稻田里到处散落着脱完谷的稻梗,丰果和村民一起站在田间观看仪式。莱奥揣着手,一摇三晃地来到他身旁。

　　"哎呀哎呀,总算还是撑到了现在。在你把我们珍贵的储备粮炸飞时,我还以为这下子完蛋了呢!"

---

　　①日本宫中重要的祭奠之一,天皇将当年新谷供奉给天地神明并与神共食,以感谢五谷丰登。曾为阴历十一月卯日,明治6年(1873年)起改为11月23日。
　　②指母体未经过熔融或行星分化而未被改变的石陨石。
　　③神社中掌管祭祀的神官。
　　④祭祀同一氏族神地区的居民。
　　⑤和服裤裙,此处指女袴。

"要是食物没能撑过夏天，我会是什么下场？被大卸八块做成火腿吗？"

"没想到你消息还挺灵通的，听谁说的？嗯？"丰果和莱奥对视，莱奥把头一歪，愉悦地说，"实不相瞒，这话确实有人说过。虽然不至于把你当食物吃了，但把你丢出去不管，至少也能减少一些粮食的消耗不是？"

"那我算是捡回一条命咯？"

"捡回你这条命的是埃莱娜！她坚称既然救了你，就要对你负责到底，哪怕减少自己的粮食配额也在所不惜。你每餐都好好道谢了吧？"

"道谢了。"丰果苦着脸点点头，"每次都各种谢，谢到她烦。"

"那就好。要是你一声不吭地跑了，她肯定会恨你的哦。"

"谁会跑啊！我差不多已经放弃了。"

丰果说着叹了口气。片刻后，他回头看莱奥，发现对方又像上次那样板着脸瞪他。

"山人的舰队就要来了。你打算利用下一趟星际航船离开村子去和他们会合吧？"

"说什么傻话，每次船一来都搞得人尽皆知，我怎么上得了船？"

"事先守候在村外的太空中，再伺机扒在船外呗。庆典那天晚上，你把村里的一套太空服藏哪儿去了？”

丰果无言以对，只得垂下视线。他不擅长说谎。

莱奥叹了一声。

“留在村里吧，丰果。这样一来，你也就不会惹上麻烦了。加里弗尼尔联邦政府已下达了指示，这段时期禁止可疑人员四处闲晃。”

“莱奥，你该不会是……”

“哎呀，你别误会，我可不是间谍特工那种狠角色。就像我说的，我确实是这个村子土生土长的人，只是有段时期在联邦政府接受了相关培训而已。毕竟守护这个村子的和平是我的职责所在。”

“我被当成间谍了吗……”

一股突如其来的疲惫席卷了丰果。这时，祭祀仪式似乎也结束了，埃莱娜翩然而至，白色和服和红色袴裙翻飞着，落在两人之间。

“你们两个都来观看仪式了？啊，难不成……”

“没错，就同你想的一样。看来丰果无论如何都想离开这里。”

埃莱娜凝视着丰果，丰果却躲开了她的视线。自从一个多月前仓皇逃走以后，他就再也没敢与她对视过。

这并不是因为内疚。

接着，埃莱娜冷冷的声音在丰果耳边响起：

"是吗……你无论如何都不肯跟异星人一起生活吗？"

"……是。"

"那也没办法。想走就走吧，我不会再阻拦你了。"

丰果抬起头来，而埃莱娜已背过身去。丰果本想冲那背影说些什么，却见她用手背抹了抹脸，便什么也说不出了。

"至少吃过神馔再走吧。"

"神馔？"

"这是古语，意思是供奉神明之物。现在也用来称呼当年首次收获的粮食所做出的食物。至少得让你见识一下莱克维尤不为粮食短缺所困扰时真正的美食……"

她虽然没有继续说下去，丰果却心知肚明。有些话，自己一次也没有说过。

"嗯。"

他点了点头，没有丝毫犹豫。

新米用大锅煮好后，被豪爽地盛在筐箩里，冒着腾腾热气。神神道道的仪式结束后，人们欢聚在收割过的田野里，铺开席子开起了宴会。面对时隔半年才再次出锅的米饭，村民们争先恐后地用勺子盛进自己的深口盘中。可这盛况和丰果无关，他丝毫不为米饭的味道和香气所动。

这时，一个银盆被端到置身事外的丰果面前。

"神馔来了。"

银盆里放着一整条形状完美的山型吐司。

香气扑鼻而来，无须触碰金色的表皮也能知道它才刚刚出炉。宫司老人用一把细长刀从峰顶一刀切下，又悄然抽出，露出里面柔软筋道的白瓤，光泽如雪，盈满气泡，被切开的这片面包无声地向外倒下。

为什么会是面包？但丰果已无心深入思考。这半年来，他被迫吃着与自己体质不合的水团和只用酱油调味的菜肴，第一次看见故乡山人国的食物。看来在莱克维尤有不为自己所知的小麦田，直到惜别之际才透露给他，以此共飨离别。

"吃吧！"

在老人的催促下，丰果拿起面包。在故乡时，他习惯涂上果酱或黄油，但眼前的这片面包实在是太香了，以至于让人不想添加任何多余之物。

他将面包举到嘴边，咬了一口。

咬下的这块面包松软暄腾又筋道，湿润而富有层次的淀粉质在口中绽开。

丰果不停地咀嚼着，真好吃啊，越嚼越甜。

他忘我而贪婪地吞咽着。

第一片和第二片一眨眼就没了,他细细品尝了第三片,直到第四片吃到一半稍做休息时,他才意识到周围人们的视线,不禁羞红了脸。埃莱娜意味深长地冲他点了点头。

"看来你很喜欢嘛。好吃吗?"

"嗯。"

嘴里塞满面包的丰果点着头。他能感觉到,这正是自己的遗传基因所渴求的味道。

"山人民族持续膨胀的开拓性格体现在面包上,而另一方面,稻米则表现出加里弗民族故步自封、因循守旧的天性……丰果,是这么回事吧?"

"嗯。"

丰果点头表示同意,这是横亘在两个民族间无法填补的鸿沟。

"可这是稻米哦。"

埃莱娜莞尔一笑。

丰果又嚼了会儿嘴里的面包,随即便顿住了,他咽下面包反问:"你说什么?"

"我说这是稻米,这面包是用米做的。将白米磨成粉,揉成面团后发酵,再烤制而成。"

"你在说什么啊？这是面包，是用小麦才能做的面包。吃起来分明就是面包的味道。"

"很遗憾，米也能做。两者烤制之后的味道极为相似，毕竟主要成分都是淀粉。"

"这是……米？怎么会有这种事？"

"丰果，从这里开始，山人的教育便全都是谎言。"

说着，埃莱娜将一小块面包放入口中，"嗯，好吃。"她点着头称赞道。

"人类根据族群的不同，淀粉酶合成基因 AMY1 的数量也不尽相同，AMY1 较少的群体不适合淀粉类食物，更适合吃肉——嗯，过去好像是有过相关的研究，也算呈现了事实的一面吧。可问题在于，这个理论在你自己的身上就完全说不通。我们看到了你的染色体组数据，你拥有 9 个 AMY1，比我们还多，真叫人吃惊。"

"胡说八道！你有什么证据……"

"顺带一提，你的血统显示你欠缺的反而是乳糖酶基因。你最好不要去过游牧生活哦。"

丰果哑口无言。他当即想起自己吃坏肚子去看医生的事，应该就是在那个时候被 DNA 读取仪读取了染色体组数据。寻找染色体组上位置已知的基因并非难事，就算是那台老掉牙的机器也够用了。

"但是，"丰果咬了咬牙，试图反驳，"就算一两个基因和预想的不同又如何？我们的民族特性和文化都是与我们的历史息息相关的。这一点你否定不了吧！"

他大喊，同时在心里叫板：能否定的话就来试试看啊！

"你错了，根本毫无关系。因为你眼前的一切，都是加里弗人两百年前从山人那里传承来的文化。"

埃莱娜高展手臂，用手示意着新尝祭、收割后的稻田圆仓以及种稻为生的莱克维尤白人男女们。

"我们双方在往昔都过着与现在截然不同的生活。我不知道为何会调换过来，但想必有诸多缘由吧。如果你认为我在撒谎，尽可随意调查。村里也能连上山人和加里弗以外的网络。"

"可是……我就是证据啊，我的舌头……"

——接受不了这里的食物啊！

他用眼神说完下半截话，埃莱娜轻轻地苦笑一声，"我想那只不过是个人的好恶罢了。除了牛奶之外，你不是一次也没有吃坏过肚子吗？"

这一回，丰果彻底无言以对。

挫败感打击得他耷拉着肩膀，于是埃莱娜屈膝蹲在他身边，将手搭在他的肩上。

"丰果。"

"别碰我！"

"我一直觉得，你是能够接受真相的。血统决定命运这种说法根本就毫无意义。你可以留在这儿。我对此满怀期望，却不会为此说谎。我说过，你若要走，我不会强留。星际航船会在三天后到来。"

丰果久久地垂着头。他感觉到对面有什么动静，便抬眼看去。只见莱奥、宫司老人还有村子里的男男女女都笑意盈盈，笑容照亮了他们在夏天的田野上被晒得黑黝黝的脸庞。

丰果那乌黑的双眸转向埃莱娜。

"你说过秋天会宰杀家畜的吧？"

埃莱娜眯起蓝色的眼眸，"嗯，等不了多久了。"

"那偶尔也换换酱油调味以外的口味吧！"

丰果生硬地嚷嚷了起来。

阿利斯玛王所爱的魔物

很久很久以前，有个国家出了一位对数学充满狂热的王子。

　　王子名为阿利斯玛，是六个兄弟中最年幼的。他的父王统治着一个叫作迪麦的国家。迪麦是个沿河而建的小国，它的东边和西边都是险峻的山脉。

　　小小迪麦国的这位年幼王子一点儿也不叫人操心，他总是独自在河畔的王宫中忘我地玩耍。毕竟迪麦这个国家非常贫穷，既没有能娱乐年幼王子的歌舞团，也没有能锻炼王子身心的开阔猎场。

　　王子长得十分丑陋，而且骨瘦如柴。他既不用被友谊和爱情所累，也不用被迫刻苦研习武技，能被他人丢在一边安享宁静，未尝不是件幸事。

　　您说往昔的世界比如今富庶多了？

不不，我说的是更久以前。

这个故事发生的时间比您所说的往昔还要更加久远呀，恩客大人。

阿利斯玛王子是个天才。

三岁生日那天，他就懂得了基数词，到第二天便已经能数到一千。七天后，他琢磨出了四则运算法则。实际上，他仅凭一己之力就知晓了算术的存在。

长到四五岁时，王子对数字着了魔，但他并不在纸上研究。他认为日常生活中的一切都是可数的。于是，从自己兄弟的数量开始，人的数量、房间的数量、衣服的数量、盘子的数量，他都数了个遍。他数吃饭时所用的白糖的颗粒，数地上铺着的地毯的网眼，数雕刻在楣窗上的几何图案的边框，甚至数起了自己身上的褶皱和体毛。为了一探究竟，有段时间王子竟然剃光了自己的头发，引起了好一场骚乱，大家都以为他发了疯。

好在那时的王子还只有头上有毛，算是不幸中的万幸。

王子顶着一颗光溜溜的头，前后左右地端详着自己不着寸缕的身体，琢磨着还有什么可以拿来数。手指也好，身上的痣也好，他都已经数过并记住了。他还想再数数别的东西。

就在这时，在男人那神奇构造的作用下，王子的胯下呼呼呼地胀大起来。王子受到了极大的冲击，这个地方发生了如此大的变化，却没办法去数它。因为这东西不是数字。

不对，等一下——王子心生一念。没有办法就创造出办法来嘛，就像发明加减乘除一样，自己去创造一个能够表示这种"数"的概念不就行了？

于是，王子提出了长度的概念。再后来，他便制定了各种各样的度量衡。这一创举让人们受用至今。如今人们所用的长度单位"斯玛"，就来源于王子最初测量的那个东西——他阴茎的长度。

王子是个多了不起的人呢？听完这个故事您就会一清二楚了。当然，多少会有些夸大的成分——

七岁那年，阿利斯玛王子坐着轿子，周游了迪麦全境。表面上的理由呢，是去寻找合适的新娘人选。王子身为第六个儿子，连政治联姻的对象也没给安排，一句"老婆你得自己去找"就把他给打发了。

不过，王子对异性没有半点兴趣。不用说，他是借着这个由头考察数字去了。全国有多少房屋、多少人口；有多少壮丁、孕妇、婴儿；有多少武士、商户、平民、奴隶；有多少块田、多少头牲畜；有多少座桥、多少道堤坝；山有多高，树有几棵；有多少条街道,以及它们各自的长度。凡此种种,他都数了个遍。

经此一遭,王子痛感自己国家的民众愚蠢得无可救药。西边山麓地区哀叹余粮已不足千袋,而东边山脚光囤粮过百袋的粮仓就不下十座。北河流域苦于河水泛滥,淹没百来块田地,南河流域却因干旱,荒废了三十块田地的地方竟有三处。

这些村庄之间交通便利,不会不知晓彼此的困境,不知为何却从不进行适当的调配。

这都是不会数数带来的恶果。当知道几乎所有的国民竟然连数都数不好后,王子惊愕万分。由此,他深切地体会到数字的价值和计算的重要。

阿利斯玛王子又想,这个世界上的数字实在是太多了,它们到底有多少呢?不仅记不过来、算不过来,光是数也数不过来。如果能增加一些数数的帮手……

于是王子发出告示招贤纳士,寻找擅长数学之人。然而这件事的进展很不顺利,当时王子才七岁,大家都把他当孩子对待。另一方面,那些庶民连乘法都算不好。

王子曾一度彻底死了心。

一天晚上,王子正躺在床上,只见星光凝于枕上,竟化成人形。来人毕恭毕敬地对王子说:"我特为殿下而来,任您差遣。"

虽然受到了极大的惊吓,但王子不愧为天才,他指着描绘在地毯上的迪麦地图,问来人:"我走完了全国的街道,但走回头路实在无聊。有什么路线能够一次性走过全国的每一条街道而不重复吗?"

那人只瞥了地图一眼,便指出三个三岔路口,摇了摇头。

阿利斯玛王子点点头。没必要去向其他人核实,王子早就了然于心。有奇数道路交叉的路口,除非数量是零或二,否则不可能一次性走遍全国。

可见此人确有真才实学,但却看不出心里在打什么主意。于是王子又问:"你的目的究竟何在?"

那人回答:"我由衷地敬爱着殿下,算术的兴盛乃国之根基。我愿尽微薄之力,助您在迪麦振兴算术大业。"

此人的姓名未能传世,其来历和性别也都不为人知。只听说此人年轻貌美,说话腔调带些风尘味。

王子将其纳为己用,之后,此人一直以从者之姿侍奉在王子身旁。

八岁、九岁、十岁、十一岁,王子茁壮成长。

代数、解析、几何、统计,王子无所不能,愈发聪慧过人。

他带着从者周游迪麦各地,尽己所能收集数字。

人口动态、生产总值、现金收支、防卫战力。

平均体重、生物分布、气温、雨量以及风向风速。

战死者数、妖气浓度、废墟来历、地脉龙脉。

他掌握着全国一切动向。

他掌握着全国的自然变化信息。

他甚至掌握着全国的超自然力量。

阿利斯玛王子十二岁那年，他的婚事突然被提上日程。对方是北边一山之隔的斐拉斯王国的公主。斐拉斯是个很大的国家，坐拥五倍于迪麦的兵力，长年以来都是迪麦的一大威胁。这次的相亲也是斐拉斯王单方面的专断独行。据说这位排行第二十二的公主无处可嫁，于是斐拉斯王盘算，与其让她下嫁庶民，还不如丢给迪麦这样的小国。

一般来说，都是新娘嫁到夫家，斐拉斯王却要求王子入赘。于是阿利斯玛王子坐着轿子，花了七天时间，一路被颠来晃去地翻过了崇山峻岭。

斐拉斯是大国，公主也非常美丽，然而她的性格却糟透了。才看了阿利斯玛王子一眼，她就勃然大怒，尖叫着"我可不要这个丑鬼"，一通乱扔乱砸。她对斐拉斯王的劝解充耳不闻，只顾大吵大闹，把王子骂了个狗血淋头：不光长得像猴子，还驼着个背，面无表情、笨嘴拙舌又死气沉沉，绝对是个大变态！

婚事就这么告吹了。于是阿利斯玛王子坐着轿子，又花了七天时间，一路被颠来晃去地翻过崇山峻岭回国了。

如果这桩婚事能成，也许如今的世界就会是另一番模样吧，会更加的富饶、和平、复杂且细腻——

不，没什么，不会有问题的。盥洗盆已经准备好了，让我们继续说下去吧。

您要不要抽根烟？

阿利斯玛王子十六岁这年，南边的恩基努王国打了过来。该国虽不及斐拉斯，但仍属大国，因此以水利之名随便找了个借口，蛮横地突破了国界。

两万恩基努军兵分四路，分袭迪麦各地的村庄。他们打从一开始就没把迪麦的军队放在眼里，气势汹汹地杀了过来。阿利斯玛王子的诸位王兄披甲执剑、率兵迎敌，却连敌人的影子也没寻着。军粮和草料很快告急，辎重也没在计划的时间送到，每晚都有士兵脱逃。

好不容易吹响了决战的号角，大王子、二王子、三王子和四王子悉数战败，他们的头颅很快就被并排挂了出来，尽显兄弟情深。

迪麦国王山穷水尽，打算投降。在这危急时刻挺身而出的，竟是丑陋不堪的阿利斯玛王子。

王子来到国王面前，要求他让渡兵权。国王想到王权迟早也会落入敌国手里，便同意了。这位王子自打出生以来第一次大权在握，之后他所做的第一件事究竟是什么呢——

是在王宫的中庭铺上草席，建了一所算厂。

至于算厂究竟是何物，我们放在后面再解释。它的功能才是最关键的。阿利斯玛王子开始发号施令。会是巧妙精准的反击，还是勇猛果敢的冲锋？王子究竟会带来怎样的胜利局面呢？

什么也没有。

在王子运筹帷幄的四十天内，没有拿下一场胜利。别说胜利了，迪麦军就连一个敌人也没有讨伐，反而任由对方逐步蚕食，丢掉了一半国土。

终于，敌军兵临城下，从王宫的城楼上便能看到恩基努王国的旗帜飘扬。王宫会就这样被攻破吗？迪麦会从地图上彻底消失吗？

敌军阵中蹿起了小小的火焰，是迪麦间谍放的火。间谍跳河而逃，他所放的火只烧掉了运粮车的一根车辕。恩基努国的大将哈哈大笑，"这就是迪麦最后的挣扎？"

第二天一大早，四千五百七十一个麻烦一齐爆发了，而且每个麻烦都不尽相同。从放火、地雷、投石、陷坑、泄洪、爆石、撒菱角、绊脚绳等人为陷阱，到牲畜乱闯、粮食腐烂、伪装成货郎的刺客、突然暴涨的渡河费用、局部爆发的瘟疫、士兵猝死、自然死亡、自杀、老衰、恶臭、沙尘、飞蝗、烟雾、淫梦、玩具、团子、盥洗盆、失物、败逃武士、亡灵、死者的诅咒、传说中的魔兽霍巴托蒂霍尔，甚至还有马桶发出的嘎吱声像极了宣告世界终结的猪叫，等等，什么乱七八糟的灾难都纷纷向恩基努军袭来。

分成四路的两万人马顿时溃不成军。迪麦军这才不慌不忙地出击，不费吹灰之力便大破敌军，更乘胜越过南边的国境线，攻占了恩基努国的王都。

您不明白到底发生了什么是吧？这是当然的。

不仅恩基努人一头雾水，连迪麦的人民和将领，甚至是关键的算厂和阿利斯玛王子都完全搞不清楚到底发生了什么。

唯一知道的是——

袭击敌军的灾难，单独一个一个拎出来看，都不是绝不可能发生的事。甚至于，它们任意的一个两个或者十个二十个扎堆发生的概率也依然不低。

但是四千五百个同时发生就不可能了吧？准确来说，是四千五百七十一个。您说得没错，迪麦发生了奇迹。

令奇迹发生的，正是算厂。

算厂是计算的神殿，是用数字回答王子垂询的机构。王子根据自己多年来的构想，终于将其付诸实践。

让这个箱子吞下全国的数字，它便能吐出解答一切的数字。

王子动员全体国民，让他们去寻找灾难和麻烦。没有灾难也要制造出灾难。既没有灾难也制造不出麻烦来的地方，至少也让他们下个诅咒什么的，播下灾难和麻烦的种子。

就这样，人们满载而归，带回了代表着所有灾难发生概率的数字。

之后便是算厂的工作了。负责计算的年轻人被称为"珊子"，他们移动着无数的数字，合并五花八门的灾难，思考什么样的组合方式能牵一发而动全身。

最终得出的结果，就是崩坏前日的那场火灾——因为放火烧了运粮车，运粮车冒着烟倒向帐篷，烧死了会计长，导致全军辎重分配毫无进展，一部分士兵因此没吃上早饭，士兵的怨愤无处宣泄，便去打劫神祠的供品，却正巧赶上了两百八十五年一次的封印弱化之日，魔兽霍巴托蒂霍尔复活，成为剩下所有灾难大爆发的导火索。

您还是觉得不对劲吗？您认为不可能出现这样的数字？

是呀，这样的话就只能认为是奇迹——一场转败为胜的奇迹发生了。或许这都是被设计好的，是概率上的福音。这个奇迹之所以了不起，在于它虽不是无中生有，却可化一为千。

但即便称其为奇迹，也是一场需要牺牲的奇迹。

截至奇迹发生当日，被动员的民众多达二十五万，他们被称为"递子"，其中共八百一十人死于心脏麻痹。

算厂吞入两千五百名珺子，只有九百零九人活着走了出来。有传闻说，那些被抬出来的尸体全都被高温烧秃了头。他们经受不住激烈严苛的运算，脑浆沸腾、脑瓜迸裂。

迪麦王国的阿利斯玛王子一手建造了一个连自己的国民都无情吞噬、令人毛骨悚然的诅咒机构。不到一个月，算厂的赫赫威名就从面积膨胀了三倍的迪麦王国传遍周边诸国。

诸国惶恐观望，不敢懈怠。迪麦老国王在胜利到来之际衰弱而死，众多刺客被派至迪麦，埋伏在新继位的阿利斯玛王身边，伺机行刺。

就这样，弱小的迪麦王国从此走上了强国之路。

您说这是不幸之事？要是当初乖乖地被敌国攻占就好了？

这个嘛，这一点……就不好说了。

毕竟数十万的迪麦百姓还活着。

只牺牲了两千五百个人就终结了战争，只被霍巴托蒂霍尔夷平了一座山就平息了一切，难道不是占尽便宜了吗？

阿利斯玛王南巡，在曾经的敌国王都向开阔的南方眺望。

那里有辽阔的沃野和无垠的海洋，以及俯首相迎的众多臣民。

阿利斯玛王回顾身侧,"这样就行了吧?"他问,"我依你之言夺取了恩基努,这下你该满足了吧?"

站在他身边的正是从者,那美丽的随从回答:"早呢,早呢,还早得很呢。您的国家还能更加繁荣,只要运用算术,就能令国家更加强盛。请您勿要原地踏步,势必继续开疆辟土,如此一来,陛下的宏愿便终能实现。"

阿利斯玛王和从者四目相交,这是只有他们两人知道的暗号,是王和自星光而生的从者之间的密约。

于是雌雄莫辨、有着无瑕美貌的从者鞠了一躬,然后向阿利斯玛王招了招手——

"陛下选择了我,而我也选择了陛下。

"先去寝宫吧、先去寝宫。先从侍奉您的龙体开始。

"我会用舌头巨细无遗地丈量您的每一寸肌肤,连背上的黑痣也一颗都不会数漏。"

又到了征税的季节。每到这个时节,要测算农林水产的收获,商户和雇工要核对账目,税收也要开始缴纳。去年差不多做到这个程度就够了,人们本以为今年也不会有什么变化。然而一场残酷的噩梦降临在业已计算完毕的黎民百姓头上。掌控着全国数字的阿利斯玛王，断然推行加税政策，力度极大，并摆出滴水不漏的征税架势，决心实施到底。

同时他还大刀阔斧地进行改革。那时候的迪麦国内外，上及文武、下至商工，贪污渎职大行其道，阿利斯玛王便以数字示其罪、用数字驳其辩，最后再毫不留情地将其送上被告席。贪官污吏被一扫而光，一时间牢房里人满为患，断头台上也"盛况空前"。

熬过冬天，待到春天一来，阿利斯玛王便再度推行改革。他收走豪农的土地，全部分给小农，以求调动农民们的生产积极性。酿酒、制盐、制药、军工制造、捕捞和砍伐的相关权益都逐一重新分配，整个迪麦国由此发生了天翻地覆的巨大变化。

随之而来的自然是接二连三的批判和抗议。既得利益群体将阿利斯玛王视为恶魔，恨他恨得咬牙切齿。他们策划阴谋，派出刺客，试图加害于王。

然而，却没人能伤阿利斯玛王分毫。他右手握有军队，左手握有算厂，这两者如铜墙铁壁护他周全。

将军、参谋和士兵们都亲历了恩基努国的败北，目睹四千五百七十一个灾难蜂拥而至。世上还有哪位名君能造就那般甚至无法被称为胜利的不祥之胜呢。军队的忠诚是绝对的，他们追捕刺客、镇压谋反，忠心耿耿地守护着王座。

更何况还有算厂呢。它吞入一切数字，又吐出所有答案，就像击溃恩基努军队那样，改善着迪麦的方方面面。它以冷酷残忍的数字为刀，将所有的不便、低效和不平等都劈得稀巴烂。彻底的效率化背后，是数百名被牺牲的百姓。

这是一场彻彻底底的大改造——

然而这个任务过于繁重了，即便对算厂而言也超出了负荷。夜以继日的严酷运算令算厂中出现大批死者。这些为了散热将头剃成僧侣模样的年轻人，一个个如木像般重重地栽倒在地，死了。

阿利斯玛王出于忧虑，积极对算厂进行强化。首先做的就是扩充设施面积，他铲平了王宫旁的小山丘，造起大规模的房舍。

容器建好了，接下来便要往里装填人才。阿利斯玛王广征珅子，不管是否面容丑陋、身体孱弱，也不论男女，只要善于理解就行。因为许以高薪和养老金，引得年轻人们纷纷来投。

阿利斯玛王仍未满足于此。他在各地创立学校，将老师派往全国。即使是幼儿也要学习加减乘除的算术。三岁的孩子就要精通九九运算。

算厂就是一切的基石，迪麦在这块基石上焕然一新。

这一年的秋天，战事突起。恩基努东边的布迪亚国拥恩基努的遗老起兵，意图卷土重来。

可是这次呢，这一仗打得非常无聊。

长途跋涉来犯的布迪亚军和有算厂当靠山的迪麦军，连傻子都看得出局势对谁更有利。哦对了，霍巴托蒂霍尔也一时心血来潮，跑去布迪亚玩了一圈，顺便摧毁了三座城池。

大败布迪亚军后，迪麦的领土面积又增加了。

阿利斯玛王的迪麦国啊，就这么眼睁睁着扩张开来。第一年吞并一个国家，第二年又吞并一个国家，第三年两个，第四年三个，轻松得就如同伸手从旁边的树枝上摘果子似的。

各国君主无不哗然。这阿利斯玛王究竟是何方神圣？到底是神是魔还是人？潜入的间谍和派去的刺客都有去无还。听说迪麦的物产足有诸国的两倍，令其他国家望尘莫及。甚至还出现了主动向迪麦俯首称臣的国家。

迪麦人也趾高气扬起来，区区一个地图上污渍般的小国，只用了五年就将面积连翻数倍。如今它的大小好比一只栖息在卷轴地图上的飞蛾。都城中车马喧嚣、行商接踵，叫骂声此起彼伏，横贯东西。

欣欣向荣的迪麦王国，呈现出一派兴旺繁荣的盛况。

如此一来，世人自然就对与那位尊贵之人相关的风言风语产生了兴趣。

迪麦王国伟大的国王陛下到底什么时候迎娶王妃呢？

阿利斯玛王时年二十岁，换作其他国家的王族老早就有孩子了。北边的斐拉斯国伸出橄榄枝，想将五公主嫁过来。

然而阿利斯玛王对此不屑一顾，他对自己的婚事漠不关心，只将那美丽的从者带在身边，日夜欢宠。同族长老们声泪俱下地哀告着，从者也好什么也好只要能孕育子嗣就行，无论如何都要留下王族血脉，可阿利斯玛王充耳不闻。

事实上，此时根本没有人意识到这件事本身就存在着重大的疏漏。阿利斯玛王对如何给自己搞出个后代一窍不通。自从当初被悔婚后，他便一心扑在算厂上，恐怕至今连孩子从哪儿冒出来都不知道。

您说从者应该教过他？

哎呀哎呀，这个嘛，怎么说呢——这事儿可没人知道。人们既不知道从者的名字，也不知道从者到底是男是女，更不会知道从者在王的寝宫里到底做了些什么，还是压根儿什么也没做。反正一切都说不清也道不明。

也许他们尝遍了令青楼花魁也脸红的奇技淫巧，也许他们出人意料地正经，郑重其事地为诞下子嗣而努力。

但谁也不知道，嗯，谁也知道不了。

您怎么了，恩客大人？听得不舒服了吗？

令青楼花魁也脸红的奇技淫巧……吗?

我可不知道,我真的不知道啊。哎呀,那个地方……哎呀,哎呀。

好了好了,就如您所愿,让您确认一下吧。

呵呵,来吧,来吧。

啊哈。

嗯……请允许我继续为您讲述。

其实,在迪麦国还有一位王族,就是阿利斯玛王的王兄,五王子。

嗯?这家伙还在吗?当然还在。您仔细回忆一下。

五王子现在虽只是王兄,但从某一刻起突然奋发图强了起来。他觉得,要是阿利斯玛王身后无嗣,就得由他代劳,留下子嗣传承血脉。

不过,他的结局也没什么值得一说的。反正几番周折之后,五王子亲自讨伐霍巴托蒂霍尔,追着魔兽跨出了国境。

从此一去不还。

这些都是无关紧要的事,让我们回到正题,说说算厂。

阿利斯玛王满脑子都被算厂所占据。这倒也不奇怪,国家所有的事务都要由算厂处理，作为算厂的支配者，阿利斯玛王自然也是日理万机。

迪麦王国的面积已比原来扩张了十倍以上，为了让它完美地按照阿利斯玛王的理想情形发展，必须收集数量庞大的数字。为了处理这些无穷无尽的数字，就需要很多很多人。

有一种传闻称，在王历五年，这个人数达到递子八万名、珅子两万名。

在为了掩盖体味和墨臭而点起的熏香中，两万名男女纵横排列，在经木①上唰唰唰地奋笔疾书，反复进行着计算。

光是那声音就叫人发狂，光是那味道就令人作呕。

杂役们在珅子间奔忙。虽被称为"珅子"，但他们总归还是人类，不能不吃饭，也不能不排泄。另有一种传闻说，珅子们被要求穿上厚厚的内裤，直到傍晚为止都被迫直接在原地排泄。不过这肯定是夸大其词，阿利斯玛王是位宅心仁厚的君王。

事实是在长椅上工整地开了道沟，让他们排泄在流水里。擦拭当然也是被允许的，毕竟阿利斯玛王可是很注重卫生的。

经木在两万人之间滑动，滑动轨迹复杂又古怪。这两万人并不是在一个平面上，而是分为四层，经木就在上下左右间纵横交错地穿梭。

① 用杉树、丝柏等木材削成的纸状薄片，因古时用于抄写经文而得名。

数字历经无休无止的旅程，直到被梳理归纳得极其简洁，之后便滑进一层主门后那个半圆形的房间，落入翡翠质地的容器之中。阿利斯玛王会亲自取走它们。

如果这场景能够被描述的话，大概会是这样的情形。

阿利斯玛王造访半圆形的房间，发出问询。

"西方安伽拉帕特王国的机动河马师团会在几日后越过国境？误差是几天？"

唰唰唰，算厂发出令人焦躁的动笔声，又腾起令人毛骨悚然的热气，用了差不多数到两百所需的时间，"咔啦"一声吐出一枚经木来。

"六十四，六·五。"

或者，阿利斯玛王还会这么问："今年打算对南布迪亚增税。将每一个符合征收条件的富商都找出来，列出他们各自的国内通商登录号码和课税增额的可征数额。"

唰唰唰唰，算厂发出近乎疯狂的动笔声，释放出厚重的热气，用了差不多数到三百所需的时间，以一拍为间隔，有节奏地接连吐出经木。

"五八，三千八百三十九万四千八百九十七。"

"七九，二千九百一十万七千六百九十。"

"一八一，八百一十九万七千八百四十九。"

"二五二,四千五百万〇九十一。"

"三二八,一亿〇一百〇九万八千七百九十。"

不过这种程度的运算对算厂而言,就如同在玩耍一样。就算提出更加复杂难解的问题,它也照答不误,吐出浩瀚磅礴的答案。

"分别列出现在我国境内各国间谍和刺客的身高和体重。"

这个问题提出后,超过两千枚经木被接连不断地吐了出来,差点儿把阿利斯玛王给活埋了。这件事有当时以品德高洁而闻名的将军亲笔记录为证。

经木铺的老板富得建起了豪华公馆。

至此,诸国才幡然醒悟,意识到下一个遭殃的也许就是自己。

他们互遣密使、军使和大使,达成协议,彼此的小打小闹都暂时偃旗息鼓,联起手来共同抵御更大的威胁。

他们编织了一张巨大的网,将迪麦围在当中。

到了这年年末,态势明朗化,共有十五国结成了抵抗迪麦的大同盟,总兵力号称六十万,由北边的斐拉斯国担任盟主。

开战之日定在融雪之月,只等冬后的残雪化去、道路一开,大军便会如融化的雪水,浩浩荡荡地攻向迪麦。

到了那时，迪麦和算厂会如落花上的露水般消逝吗？

诸国君主整备军队之余，还大量雇用佣兵浪人，迫不及待地期盼春天来临。

终于迎来早春三月，打头阵的是西边的登普特国，在一位智勇双全的将军率领下，一马当先地攻了过来。他们一口气攻下昔日属于恩基努国的领土，矛头直指迪麦国本土。这位将军看破了传说中的魔兽霍巴托蒂霍尔的弱点是盥洗盆，于是登普特军轻而易举地闯过魔兽那关，向前挺进。

那时，迪麦王国的军队在哪儿呢？

他们根本就不在自己的国土上。国内空空如也，无人驻防。阿利斯玛王呢？他当然也不在。

他们到底去哪儿了？

将军找红了眼，却只等来本国的急使，还带着登普特王都已经沦陷的不幸消息。原来就在登普特军踏上征途之后，迪麦军乘船而去，完美地避开交锋，千里迢迢奇袭登普特国本土。

将军先是目瞪口呆，但很快就缓过神来，他说："那又怎样？既然我们的王都被夺，我们也夺下他们的王都便是。听说那个叫算厂的机构还完整地留在原地。夺下迪麦算厂，我们自己建立帝国！"于是远征军开进王都，畅通无阻地占领了迪麦。

那么迪麦王国会连同它的算厂一起，如落花上的露水般消逝吗？它们会落入登普特国之手吗？

当然不会。

登普特的军政不到三个月便土崩瓦解。那位登普特将军根本不会使用算厂，他像对待官吏一样，命令算厂为他出谋划策，却得不到任何答案，只白白弄死了珅子而已。再者，迪麦的平民百姓在长达五年的时间里，早已习惯了被算厂安排一切，如今反而因这不得要领的统治乱了阵脚，纷纷出逃。

另一方面，渡海而去的阿利斯玛王到底在干什么呢？

他在登普特的王都建起了新的算厂。

您还记得阿利斯玛王是何等人物吧？他可是将算术运用到极致的人啊。他虽然对军事和政治都一窍不通，却对数字了若指掌。在数万人之间传递经木，编写从数字到数字的路径，这些可都是他的设计。珅子说到底只是计算工具而已，他们对其中奥妙一概不知。

将数万名一无所知的庸人聚在一起，只用笔和经木进行简单的计算，便能完美地解决森罗万象的麻烦和灾难，这就是算厂的精髓所在。只有计算是必不可少的，至于是用迪麦人还是登普特人都无关紧要，哪怕用只有一条腿的稻草人都行。是敌是友没有任何区别。

您还是认为在敌国做不到吗？您的意思是，毕竟是在完全不知底细的敌国，要是得不到那些基础数字该怎么办？

不用担心，请您不用担心。军队就是为此而存在的。阿利斯玛王一在王都安顿下来，就派出八成士兵作为递子跑遍登普特全境，收集齐了所有的数字。

接着，五万名登普特人被强行押进新建的算厂。不过，听说顾虑到登普特的习惯，没有剃光他们的头发。

就这样，登普特算厂运转起来，解决了各种内忧外患。登普特的国力远远落后于迪麦，为了让它发生翻天覆地的改变，算厂吐出宛如怒涛般的无穷数字。

太胡闹了是吧？太硬来了是吧？其实并非如此。

这恰恰是迪麦算厂计算出的结论。迪麦算厂历经五年磨炼，早已经验丰富，去年冬天，它算出春天一到，各国便会举大军压境，而抵御敌军最有效的方法，就是金蝉脱壳、重起炉灶。

与迪麦算厂的计算相同，登普特算厂实实在在地取得了巨大成果。

不过，别忘了还有诸国大同盟呢。以大国斐拉斯为首的十五国同盟，是否趁机采取了什么行动？

他们啊，开始惨烈地自相残杀起来。

诸王绝非蠢材，他们早就知道迪麦的繁荣仰仗着算厂这个如神魔般的存在。他们都打着同样的如意算盘：只要算厂到手，自己的国家就会是最强的。若能占领迪麦算厂，带走其中的工人算术师，便可成就霸业。

一场空前的恶斗就此展开。他们把登普特军赶走，无视他们"就算抢到手也没有用"的哀号，争先恐后地向迪麦进军，不仅把算厂搬了个底朝天，还带走了所有的珅子。

这些国家此后的下场，就不用我多说了吧。

珅子们本身毫无能力，与其说他们"在"算厂里，不如说他们就"是"算厂。无论是向智者探问，还是动用百人严刑拷打，都不可能再现振兴迪麦的魔法，最后只能不了了之。

到了第二年，阿利斯玛王有了动作。

那是王历七年的春天，阿利斯玛王的亲卫军拔营起寨，剑指艾莱赛斯王国。这个艾莱赛斯王国又是个什么样的国家呢？实际上它根本就不值得一提，它所在的那块地界曾挤着三十个乏善可陈的小国，它不过是其中之一，也是投奔大国斐拉斯的那十五个同盟国之一。

阿利斯玛王的亲卫军攻下这个国家，不费吹灰之力便攻占了王都。不言而喻，这背后也是登普特算厂的功劳。虽然算厂还不够成熟，但帮着打下一场胜仗还是不在话下的。

阿利斯玛王御驾亲征艾莱赛斯这个比当初的迪麦还要弱小的王国，这肯定是有什么用意的吧？不惜牺牲迪麦算厂也要夺取这个国家的深远意义究竟何在?

当然自有其用意。这个国家毗邻斐拉斯国,从迪麦出发要跋涉七日、翻山越岭才能到达的斐拉斯王都,在这个国家却触手可及。

再加上这个国家形状细长,被崇山峻岭环绕,除登普特和斐拉斯两国外,其他国家根本攻不进来。

请您回想一下,迪麦国的版图如今已扩大了许多,国境线也延长了,导致树敌无数,所以才会同时遭到多方进攻。

艾莱赛斯则只有两个邻国,严格来说,只剩斐拉斯一个。阿利斯玛王不战而屈人之兵,将结成同盟的十五个敌国直接削减了十三个。

多么深谋远虑啊! 但这并非阿利斯玛王的智慧。

是算厂的智慧、算厂的功劳、算厂的计算。昔日的迪麦算厂早在两年前就已经认定这是唯一的最优解,它将自身的解体也计算在内,推导出奥妙无穷的作战计划。

这绕过两国、出奇制胜的迂回战术堪称神机妙算,远非凡人所能理解。

王历十年,阿利斯玛王向斐拉斯发起了进攻。他用中间的三年时间建成了艾莱赛斯算厂。

斐拉斯王率四国联军抵御外敌入侵。您问为什么不是十三国？因为早在迪麦争夺战时，大同盟就已分崩离析。

倘若仍是十三国结盟，结果是否会有所不同呢？然而假设就只是假设而已。这是遥远往昔的故事，早已成为过眼烟云。在那早就尘埃落定的过去，注定只有四国而已。

在斐拉斯中原上展开的那场战役，算得上是战功赫赫的阿利斯玛王最正规的一战。阿利斯玛王的左膀右臂——忠勇无双的军队和理智无情的算厂都竭尽所能，和斐拉斯大军决一死战。

艾莱赛斯算厂进行了全方位的计算，包括大战当日的气候、地形效果和本土动物、敌军各位将领的能力性格、各国军队的特长和弱点、移动路线和补给路线，以及在平原上蔓生的二重车莒①给岩石带来的各种影响。这还没完，就连斐拉斯王那二十六位公主和各自婆家的暗中倾轧、第四个同盟国斯塔格伦的弓箭手特有的手指溃烂——他们所使用的合成弓的油脂腐败所致——都被计算在内，巨细无遗到让人怀疑人生：真的需要做到这个地步吗？

算厂为此吐出五万枚经木，军队每个士兵人手一块，依令行事：

他们发出呐喊惊起野猪乱冲乱撞，将敌将撞落马下。

---

① 作者杜撰的一种藤蔓寄生植物。

他们向无人的山谷射箭，导致藏身其中的伏兵败走。

双方的骑兵队展开搏杀时，他们涂在护身衣上的野草汁液散发的臭味令对手的战马接连呕吐。

步兵之间的对决打响了这场战役的最终决战，迪麦军的方形枪阵分散在战场的六个地方，他们没头没脑地横冲直撞，却全都正中敌阵弱点，令敌人落荒而逃。在被六百名步兵踏得混乱不堪的泥地中，迪麦军偶然发现了还没来得及逃走、只好暂时藏起来的斐拉斯王。

另有一支特别行动队，奉命带着满满一箱蛞蝓远远地守在十五里外。他们满脑子都认定必然是哪里搞错了，没想到却正好撞上敌方同盟国——安斯以国派来的暗杀部队。这支远道而来的部队擅使毒蛇，这下特别行动队准备好的蛞蝓可派上了用场，乱丢一气之后，史上头一遭生擒活捉了这支诡秘莫测的部队，立下几乎不可能完成的奇功，取得了战争史上史无前例的辉煌胜利，之后更是乘胜追击、一路挺进，攻陷了斐拉斯的王都。

阿利斯玛王造访了公主府。他曾来过这里一次，还没待满十天就被那位可恶可憎的斐拉斯公主赶了出去。

如今，他成了战胜国的君主，穿着沾有泥污的鞋傲然地在公主府中践踏，身后跟着他那群风尘仆仆、满身血污的士兵。府中卫兵和侍女们远远地挤在一起，瑟瑟发抖地张望着这位丑陋不堪的君王。

打开一扇又一扇门，阿利斯玛王径直走向最后那间无比奢华的卧房，昔日的那位娇蛮公主就在那里。

也不知是奇迹还是必然，这位排行第二十二的美丽公主至今仍待字闺中。您说这没什么可奇怪的？呵呵呵，确实如您所言。这位性格暴烈的公主到底还是没能把自己给嫁出去。

阿利斯玛王和公主就这样重逢了。阿利斯玛王今年二十六岁，公主亦然。和正值壮年的阿利斯玛王相比，公主却已过妙龄。

公主正在哭泣，父亲被俘、王都沦陷，她深知曾被自己无情抛弃的那个男人怀有多深的恨意。毕竟她也到了二十六岁这样的年纪，隐约可预见自己余生的命运，此番若能出家为尼便已谢天谢地。她流着眼泪匍匐在地，亲吻阿利斯玛王的脚尖。

"我自知罪不可恕，若能以一己之身平息事态，千刀万剐也在所不惜。求求您大发慈悲，饶过我的亲族们……"

阿利斯玛王伸出一只手，温柔地微笑着，他低声细语："斐拉斯王的公主殿下，请您抬起头来。请不要这般卑微，我尚有一事请教。"

美丽的公主含泪问道："不知您欲问何事？"

阿利斯玛王说："长、宽、高三轴构成的空间里存在着几何学图形集合空间，您认为什么样的图形能令集合空间中的基本群不证自明？"

"啊？"

公主嘟囔了一声。她怔怔地张着清秀莹润的嘴唇，露出一副空洞茫然的表情。

阿利斯玛王凝视着公主，连问了三遍。然而公主别说回答，就连复述都做不到。

阿利斯玛王笑了，露出心满意足的笑容。他将脸凑近公主的耳朵，带着无比的喜悦低声地说："不知道吧？不知道吧？您是说您回答不了这个问题，是吗？"

血色从公主的脸上消失，她的身体不可遏制地颤抖着。在失禁的瞬间，她恍然大悟。眼前的这个人，并非只是一介丑男而已。

斐拉斯的公主在十四年前，激怒了最凶恶的怪物。

阿利斯玛王哈哈大笑，这是他得偿所愿的一刻。他对这美丽的公主深恶痛绝，连一根手指也不想碰她，只大叫着："送去算厂！送去算厂！送去算厂！将斐拉斯王室九族统统送进算厂！"

阿利斯玛王的复仇，至此大功告成。

阿利斯玛王凯旋，重返迪麦王都。打败大国斐拉斯后，他已经无所畏惧。被抛下的民众虽然心怀怨恨，却又无力反抗。阿利斯玛王率领的远征军从登普特、艾莱赛斯和斐拉斯三国掠夺到的财宝堆积如山。历史上还有哪位帝王能带来胜利如斯？愿阿利斯玛王永享荣光。万岁！万岁！万万岁！

军队的忠诚是绝对的，他们只遵从王的意愿而动。无论是富豪还是奴隶，但凡反抗王之统治的人都决不饶恕。对于反抗者，军队会穷追不舍，一直到捉住为止，然后剃掉那些人的头发，丢到算厂里去。

如今的迪麦国领土相当于过去的十个国家。斐拉斯的冻土、布迪亚的沙漠、登普特的陶器和艾莱赛斯的织物，统统成了迪麦的囊中之物。迪麦四处征税，物产源源不断地流入。霍巴托蒂霍尔在边境游荡，令盥洗盆铺子财源滚滚，而追着魔兽跑的五王子无论走到哪儿都惹人厌恶，但这些对王国来说只是微不足道的灾难，顶多算是被针尖儿刺了一下，连瑕疵都称不上。

接下来我们再说说算厂。算厂的珅子啊——已经增至十六万人之多。算厂这巨大而具威严的人类机构，演算着治国之策，保障着国家安全，支撑着盛世繁荣。它南北横跨半里，是座足有九层高的恢宏城郭，日夜无休地吞噬着上千名蝼蚁般的递子，将幅员辽阔的迪麦国推向富饶强盛的至高点。

二十六岁的阿利斯玛王继续扩张着版图，吞下第五个、第六个……第九个国家。他每年长一岁，就会吞并更多的邻国。他逐步支配了整个大陆，就如同牲畜啃光野草一样。在阿利斯玛王三十岁那年，迪麦由王国蜕变为帝国。

您累了吗？要休息吗？夜已经很深了。

后面还有一点点，一点点而已。迪麦帝国的阿利斯玛大帝，操纵着二十多万名玙子征服了大陆。至此为止，一切还都很完美，都很完美是吧？男人们都是这么认为的。昔日的宿敌都被打倒了，目之所及的一切都被夺来了，也博得了美丽异性的爱。虽不能确定阿利斯玛大帝所爱的从者是否算是异性，但此人确实存在。阿利斯玛大帝深爱着此人，并且为之而活。

正因依从者所言行事，大帝才征服了那宽广辽阔的大陆。

如今大功告成。王历十四年的春天，大帝的霸业已成。

"再没有什么可得到的了，我所能做的都已做完了。"阿利斯玛大帝说。

然而从者却回答："哎呀哎呀，何出此言？大帝您得到的只是一块陆地，才只有一块而已。若就此停下脚步，倒不如从一开始就待在弱小的迪麦哪儿也不去，令愚钝无知的侍女生下您的孩子，就这么平淡安稳地老去岂不更好？"

大帝问："那你告诉我该怎么做？"

从者的回答是——起航出海。

您真是见多识广，恩客大人。没错，正如您所说，这正是达伊姆帝国的往事。它曾号称是人类历史上最大、最富强的国家，盛名万世流芳。所谓的"昔日的富饶"便是特指这个国家。它派出上万艘船只，漂洋过海进行贸易。

您累了吗？要休息了吗？放心，盥洗盆当然在这里。

但还有一点点没说呢，真的就剩一点点啦，这个故事的来龙去脉就能一清二楚了。

还请您务必听到最后。

在王历二十二年，也就是阿利斯玛大帝三十八岁那年，帝国的一艘船沉没了，从此杳无音讯。

海事司大惊失色，因为这并没有出现在他们得到的指令中。迪麦算厂下达的指令里压根儿就没有预言过船只沉没之事。不过，这种意外此前也偶有发生，就算是以最强为傲的算厂，也会漏掉细枝末节的小事。

然而，同样的事持续发生。两艘、三艘，商船不断沉没，终于有人目击到了原因。对帝国船队露出獠牙的是一支未知国家的舰队，他们来自彩虹的另一边，突然出现在南海的暴风雨之中。

情况上报给了大帝。大帝向算厂询问，提取出对策数字。接着便在各个港口部署舰队，再派向不同的方位。这些都由海事司着手准备，直到舰队起航。舰队的两百艘战船上都配有弩炮，堪称精锐之师。

然而，全军覆没。

就连一艘联络船都没能回来，舰队灰飞烟灭。

这时，迪麦的算厂吐出一枚经木。

"一<厂。"

大于一的，可能是二，也可能是三或者四。

也就是说，阿利斯玛大帝的王牌——精妙无伦的算厂，在其他大陆上也存在，并开始与迪麦抗衡。仅这一枚经木上的内容，就已震撼了整个帝国。

进攻计划立即被拟订出来，两千名间谍以递子的身份被派往其他大陆，前往未知的土地。

没想到，与此同时，算厂又吐出了经木，上面是间谍的身高、体重信息以及画像。竟然是潜入迪麦大陆的敌方递子通缉令！

敌方的算厂揣摩出事态的发展趋势，采取了相同的行动。

阿利斯玛大帝一意识到这点，就当机立断下令增强算厂。算厂越大，运转速度就越快，也会更加缜密精确。若是计算能力超过对方的算厂，就能找到破绽，摧毁对方。

小打小闹无济于事。阿利斯玛大帝所谓的增强是以倍数计，最终珅子的数量达到六十万人，递子共有一百三十万人。这就相当于为此几乎投入了旧斐拉斯国的全部人口。

空前绝后的巨型算厂矗立在迪麦的领土上。整个大陆的粮食都被征集至此，运粮的牛车浩浩荡荡，宛如一条大河。递子自空中走廊进出，地板下屎尿横流。算厂中充满了腐败的空气，而恶臭和缺氧会置人于死地，于是一条宽二十间①的风道被开辟了出来，五万名奴隶在风道上扇着风。

算厂中每天都会发生两次暴动，反抗者和厂内驻军展开激战。由于破坏和纵火频发，木工和僧侣都大发横财。珅子散发出的热气蒸腾喷薄，凝聚在算厂上空形成风暴，大雨倾盆而下，引起河川泛滥，淹没了下游的旧恩基努国。

都做到这个地步了，结果又会如何？都做到这个地步了，会赢吧？

这一点毋庸置疑。阿利斯玛大帝的军队是最强的。敌方大陆的弱点终于暴露，两千艘军舰气势汹汹地杀了过去，登陆行军三百里后，发现了敌方的算厂。

军队展开疾风骤雨般的猛攻。已迎来不惑之年的阿利斯玛大帝身先士卒，冲进敌方的算厂。他的目标只有一个——找出罪魁祸首。除了自己之外竟还有人能建起算厂，这令人憎恶却又伟

---

① 长度单位，1 间约 1.82 米。

大的男人究竟是谁？阿利斯玛大帝率军直捣黄龙，打算一睹对方的真容。

眼前的这座算厂充满异国风情，一层主门后的方形房间里放着黑曜石制成的容器，而站在容器前的，是一个脑满肠肥的丑汉——

还有阿利斯玛大帝最亲密无间的美丽从者。

从者当即离开敌人身旁，毫不犹豫地回到了阿利斯玛大帝的怀抱，然后指着愕然失色的敌王，对阿利斯玛大帝窃窃私语。

"那就是您的仇人，任您处置。大卸八块也好，丢进迪麦的算厂里也好，尽可随心所欲。"

"你在这里做甚？"

面对阿利斯玛大帝的质问，从者笑着说："为了给大帝您排解无聊，我为您制造了一个对手。"

就算是阿利斯玛大帝也不免震惊于从者的愚蠢行径。仅仅因为这样的理由就敢无中生敌，可见此人将政治玩弄于股掌之间。但大帝也慢慢地意识到，自己确实乐在其中。为了摧毁敌对大陆，他近乎疯狂地增强算厂，打造出空前绝后的奇迹，他比谁都更享受这整个过程。

从者说中了症结所在，大帝确实为无聊所恼。这下可谓药到病除。

"既然如此，恕你无罪。得益于这场史上最大的远征，迪麦的商业也生机蓬勃。朕不再追究你私自行动之责，许你回国。"大帝宽恕了从者。

可怜那位敌国君王，他的下场太凄惨了。因为那副庞大的身躯连楼梯都下不了，被当场片成了肉片。

远征军因胜利而欢呼雀跃，称颂着他们无敌的帝王。然而阿利斯玛大帝凝视着从者，心中阴霾密布、疑窦丛生——

这家伙到底在打什么主意？真的只是为了排解朕的无聊吗？

一整个大陆也不能令其餍足，这个野心不断膨胀的家伙，真正的意图究竟是什么？

疑心一旦产生，便会疯狂滋长。而在迪麦只有一个地方可以获得打消疑虑的对策。

大帝在经木上写下疑问，向算厂提问。

"那家伙的欲望可有尽头？"

有问必答、无所不知的算厂，击溃了大洋彼岸另一个帝国的算厂——迪麦的算厂，发出呻吟，掀起恶臭的风暴，在三天之后给出了它的回答。

"没有答案。"

时间来到王历四十年，迪麦帝国遭遇了第三块大陆的敌人，双方展开激战。而这次，迪麦军以失败告终。

战败时，算厂中的珅子数量高达四百五十万，约占帝国总人口的四成。

算厂在四十年间无休无止地运作着，除一回没有给出答案外，完美地解答了其他所有的问题。据说在帝国战败那年的秋天，它已准确地预言了此事。

帝国败北的原因据说是一场流感。流感爆发时，算厂正处于人数超限的状态。为了取得胜利，算厂无法关闭，最终导致珅子悉数被感染。

五十六岁的阿利斯玛大帝在从者的看护下死去。他终究没有留下后嗣。听闻，他走得很安详。

失去帝王的迪麦帝国迅速衰败，只用了两年便化为乌有。忠心耿耿的从者也就此销声匿迹。

唯有三样东西残留了下来：害怕盥洗盆的霍巴托蒂霍尔、五王兄留在各地的私生子以及昔日曾是恩基努国的屎尿三角洲。

好了，好了，好了。

您辛苦了。这个故事就到这里。

天空已经泛白，很快就需要用上盥洗盆了。

欸？

这是不是真的？恩客大人，您是在问我，今夜的故事究竟是不是真的？

您为什么会这么问呢？就因为您认为我是那位五王子的后代？

呵呵呵。

呵。

呵。

您要真是这么想的，那我这个故事说得也算是有价值了。这么个无聊的睡前故事若能讨您欢心，那可比什么都值得。

这当然是虚构的呀，是编出来的故事。确实，当今世上就有霍巴托蒂霍尔出没。虽说人如果在黎明时分不小心和它窥视的触手眼对视会当场死亡，但只要把盥洗盆罩在头上就能避免。不妨把这个故事当成是对此种行为起源的说明好了。

就当它是一则耐人寻味的童话。

您听，您听，传来了吼声。魔兽终于来了。

把盥洗盆罩在头上，等它离开吧。

……哎呀，好了好了。怎么才一大早，您就这么生龙活虎的。

您要拿被子代替盥洗盆？

嘻嘻,随您高兴。

嗯——呼——

魔兽好像已经走了。

您实在是龙精虎猛,真叫我一见倾心。

欸?替我赎身?哈哈,真会说笑。您就这一张嘴是蜜做的。

欸?

您是……认真的?您是真心实意地要带我走吗?

真是不胜感激。

那我就恭敬不如从命了。

嗯哼,我当然高兴了,真的哦。

让您久等了,我已经准备就绪。

那么,无论天涯海角,请您都携我同行。

啊,您最后还有一事要问?您说既然是童话,就一定要有个明白的结局?嘻嘻,请您放心。

——您对那位王之从者的来头无法释怀吗?

哎呀,这个嘛,嗯……怎么说呢,虽然我不知道事实究竟如何,但也不妨试着猜想一下。

阿利斯玛王依从者所言,扩大算厂,令国家得以繁荣昌盛。

您觉得谁能从中获得最大的利益？从者本人？阿利斯玛王？还是达伊姆帝国的臣民？因空前绝后、翻天覆地的发展而变得更迅捷、更强大、更浩如烟海的，又究竟是什么？

不正是存在于算厂中的那个东西吗——借由笔和经木操纵一切，没有形体却又无穷无尽的计算本身。

换言之，那个黎明时分现身于王子面前，却又在大帝驾崩后杳无踪迹，星光凝成的从者，是否就是那东西的精灵呢？

……您明白了吗？恩客大人？您应该完全明白了吧。

那么，请允许我自此刻起，向您许下繁荣之约。

这伟大的繁荣将盛况空前，当然，需要用"那个"的构建来交换。

我已属于殿下。若您赐予我名，不胜荣幸。

计算吧，计算吧，用计算来支付代价。

注意了，计算开始——

星港管制员

1

"哈啰——这里是管控中心。欢迎来到小行星艾女星 ①——"

昏暗的管制室内, 如宝石般闪耀的绿灯在窗边呈扇形排列。

这儿比图书馆还要安静, 鲜少会出现令人不安的、如鸟鸣般尖锐的太阳风警报, 或令人头皮发麻的事故船紧急通知, 只有同伴们平稳的导航语音不时轻柔地响起。此时, 主雷达观测器上只有一个光点。

绿灯全亮, 无异常。

小行星艾女星的宇宙港管制室, 今天也平静得令人昏昏欲睡。

---

① 即小行星243, 于1884年9月29日被发现, 是第一颗被人类发现有卫星存在的小行星。

这倒不是因为无事发生。单拿今天来说，是因为有个庞然大物独占了整个港口。

雷达观测器上那个极为醒目的光点——现在从管制塔台的窗口也看得到了。

那是一条红蓝相间的巨龙，华丽得令人顿时睡意全消。

尖锐的牙齿和犄角光华流转，数千枚精致的鳞片璀璨夺目。这艘行星际宇宙飞船从船头装饰到引擎，都花里胡哨得令人不禁想要发出"这样也行？"的感叹。

会乘坐这玩意儿招摇过市的，整个辽阔的太阳系中就只有一个——准确地说，只有一对男女。

红极一时的超人气摇滚歌手组合"惠斯勒"的私人豪华飞船，大驾光临。

这在偏远的艾女星可是难得一见的盛景，因此整个港口都被包了下来。截至昨天，狂热的追星族们已全部入港完毕；今天，他们则在净空区虚位以待。

空旷的半地下空间像是经过了一场大扫除，豪华飞船轻悄下落，减速喷射的光芒闪烁如烟火。

有谁不想亲眼见证这历史性的场面？事实上，从管制室角落的监控里就可以看到，港口的抵达闸口前挤满了粉丝。

简见堇不时地向窗外瞄上一眼，同时将导航显示器紧紧地抓在手中，那上面显示着入港船舶的 CG 画面。通过 CG 画面能对船体速度和倾斜度一目了然，却看不见那艘豪华飞船上的华丽装饰，也欣赏不到刻在船侧的手写体船名"Whistler"那行云流水的美感。

"呜呜呜，我也想看……"

堇正喃喃自语，耳边传来上司伊芙琳·夏普室长的声音。

"哇，大家快看快看！简直就像电影里出现的宇宙怪兽一样！我家小侄子肯定高兴坏了。"

年近五十的室长溜出自己的座位，孩子似的在窗边闹腾着。在她的许可下，管制员们也纷纷凑了过去，他们欢呼雀跃，用手机拍照，一个个兴高采烈的。

只有堇一个人没有离开座位，室长开朗地招呼她："斯迈鲁，你也过来看嘛！"

"我走不开啊。"

"哎呀，是吗？这可是超炫的飞船哦。"

"哎，欸？真的吗？"

好想看。从头装饰到尾的私人飞船多罕见啊。堇不由得从椅子上欠起身来。

但是，堇是负责这艘飞船的管制员，不能擅离职守。夏普室长人不如其名，一点儿也不"夏普①"，反而像个不太靠谱的大婶，托付给她的事总令人有些不安。

结果，董还是强行忍耐了下来。

下降的豪华飞船着陆在停机坪。可能是飞船为了取悦观众而亮起了彩灯，年长的同事们幼稚地发出"哇"的欢呼声。董听着身后传来的阵阵欢声笑语，突然意识到情况不太对劲。

"啊……"

豪华飞船背上的桅杆还竖着。如果不收起来，停机坪的天窗将无法合拢。

不，或许勉强可以？董切换摄像头、调整倍数进行确认。室长回过头来，董却无暇顾及。果然不行，就差那么一点儿，就超出了一只胳膊的长度。

随着"嗡"的一声，整个港口都摇晃起来，停机坪天窗上的舱口如巨鲸之口，开始缓缓地合拢。为什么异物传感器毫无反应？虽然原因不明，但如果任由舱口关闭，桅杆会卡在中间，空气便会泄漏到宇宙中去。然而，目前谁都没有察觉到这点。

糟了。

尽管自动入港程序中并不包含人工呼叫，但董还是用无线电通信设备对飞船发起了呼叫。

---

① 夏普的英文原文为 sharp，锋利、灵敏之意。

"这里是艾女星宇宙港管控中心，呼叫豪华飞船'惠斯勒号'。因进入次紧急状态，请回答呼叫——"

"睫毛膏！凤嘴，你把我的睫毛膏放哪儿了？我都说过多少次了，不要随便拿去用！"

"翡翠，你这家伙怎么总是这样！这种时候就别为这点事吵吵了，离我们出场只剩九分钟了！"

"可我的妆太淡了啦！人家要是像只刚睡醒的獾一样睡眼惺忪地出现在大家面前，一定会沦为整个太阳系的笑柄的！"

无线电本该和飞船驾驶舱相连，却冷不丁地从中蹦出几句叫嚷，令董有些不知所措。

"那、那个，'惠斯勒号'？请回答……"

董说完才反应过来，"惠斯勒号"两名成员的名字正是——灿然院翡翠和麟角凤嘴。

"什么事啊？吵死人了！"

是本人？是他们本人？董不免慌张起来。

"喂！到底什么事？我们正忙着呢！"

董回过神，必须赶紧告诉他们，就快没时间了。

"'惠斯勒号'，请将背后的桅杆收起，否则无法进行密封作业。"

"背后？桅杆？"

"翡翠，这是外线。不知为啥和外线连上了。"

"外线？啊！啊啊啊……"

看来有人明白过来了，一声大叫穿透无线电炸了过来："驾驶员！塔台说背后的桅杆没收呀！"

等对方再对董说话时，语气多少冷静了些。

"桅杆收好了。"

"是……这边已经确认好了。这样就没问题了。"

"刚刚大吼大叫真是抱歉，我们这儿手忙脚乱的。"

"没事，请加——"

"油"还没来得及说出口，对方已经切断了通信。

董一时有些傻眼，靠在椅子上叹了口气。

虽然没能把自己的声援传递过去，但总算是有惊无险。这两个人不用在"哔哔哔"的减压警报声中闪亮登场了。

随着舱门平安无事地关闭，停机坪中被灌满了空气。紧贴在窗户上的夏普室长迫不及待地大喊："他们出来了！啊啊啊真是的，离得太远根本看不清呀！"

惠斯勒的现场演唱会在地下市区的中央公园举行，艾女星的半数人口再加上追随而至的粉丝，共两万两千人蜂拥而至。最前排的票价贵得离谱，足足是董月薪的两倍，实在令她望而却步。

董挤在后方的人群中，遥望着舞台上的那两个人。

在华丽的烟雾和烟花的簇拥下，在聚光灯和激光的辉映中，两人献出的歌声和演奏都无与伦比。站在人们面前的是货真价实的超级巨星，绝非徒有虚名。

只是，其中一位只在眼神中透露出的些许倦意，还是被董透过观剧用的小型望远镜窥见了。她不由得窃笑起来。

——睫毛膏，到底还是没能找到呀。

2

阿波罗登月之后，人类暂时没有再去叨扰宇宙。然而，这安宁在百年后被打破，渺小的人类活跃在浩瀚的太阳系中，将其打造成无与伦比的人类乐园。

月球、火星、金星等大型天体宛如硕大无朋的百货商场，商品虽琳琅满目，却分散于各处，一旦进去一时半会儿很难出得来。想必这就是所谓的引力[①]太强。虽然也有人乐于在这些星球上流连忘返，但更多的人则青睐于小店林立的商店街。

火星和木星之间的小行星带就是这样的地方。从只有石头的星球到拥有水和有机物的星球，各种天体上都熙熙攘攘。在这

---

① 此处一语双关，既指物理上的引力，也指吸引力。

些行星之间移动，总比去火星或是金星容易。

早在堇出生的半个世纪前，人类就已经在小行星带设立基地、兴建城镇、成立公司甚至建立国家，搭乘宇宙飞船穿梭往来于小行星之间。

要说这个时代最耀眼的职业，非宇宙飞船的船员莫属，其次要算宇宙都市设计师。从事这两份职业的人都不会在一个地方久留，需要在星辰之间不断地飞来飞去。简见堇正是身为宇宙飞船船员的女性与身为设计师的男性相遇后，结出的爱情结晶。

对于自己的父母，堇心怀两大憾事。其一是他们给孩子取名的品位。双亲给孩子取名为"Smile"，希望孩子在成长中能笑颜常驻，这份心意完全可以理解。但问题是，这种拙劣的谐音哏 ①只有日本人才明白。即使是这个时代，宇宙的通用语仍是英语，因此当人们听说堇的名字后，并不能意识到这其实是一种花的名字 ②，他们只会笑着说声"哦——"，然后叫她"斯迈鲁"或者"斯迈利" ③。虽然堇总是应景地回以笑脸，心里却很泄气：这不是在叫男孩子吗？

另一个不满在于，父母常常在她的生活中缺席。要说无奈也确实很无奈，毕竟他们的工作性质就是如此。以至于堇不是在等

① 将 smile 拆解成三部分 s、mi、le 单独发音则和"堇"的日文发音相同。
② 指紫花地丁，又称东北堇菜。多年生草本，开紫花。
③ 分别为 smile 和 smiley 音译，均为微笑之意。

待父亲就是在等待母亲，盼着他们回到位于艾女星的家，而一等往往就是好几个月。

不知是否是出于这个原因，总之，董成了一名宇宙港的无线电操作员。

无线电操作员扎根于本地，总是在港口待命，迎候宇宙飞船的到来。因为艾女星港是个规模很小的偏僻港，无线电操作员除了负责联络以外，还要兼任类似于管制员的工作，不过大部分管制工作在很早之前就已经自动化了。和谷神星那样动辄有百来艘飞船进出的大星不同，艾女星这样的小星，一次最多也就同时来个三四艘飞船，基本不需要进行交通疏导。因此，董的主要工作就两个——说"欢迎入港"以及"一路顺风"，此外顶多再处理一些小故障。总而言之，这是一份宁静祥和且大部分情况下相当无聊的工作。

令人热血沸腾的冒险电影里，主人公往往是宇宙船船员，而聪慧知性的都市设计师则受人尊敬。董的职业与他们都不同，既不起眼又默默无闻，总是充当着配角。

不过，这份工作也并非一无是处，只要守在这里，就不会错过任何人。无论是谁，只要来到这里，就一定能够与她相逢。

从简见董戴上耳麦那天起，一晃快四年了。

总是绿灯全亮的管制室一角，今早亮起了一盏小小的黄灯。

怎么回事？

难道又是传感器异常？董想。前不久"惠斯勒号"的桅杆差点卡住密封舱门的那起事件，原因就是异物传感器出了故障。检测舱门异物时，居然出现了 -200 米和 $8i$[①] 厘米这类不可能的数值，因而被处理系统忽略。

这个问题在更换距离计量仪后就彻底解决了，不知这次又怎么了。

董跐溜着滑轮椅去查看亮灯，发现是十六号码头有物品遗留，那里是宇宙飞船离开净空区后停靠的密封码头之一。大概是早上出港的货运飞船遗漏下了什么东西。太好了，看来不是什么要紧的情况。

码头的船舶配载员[②]忙了一个通宵，目前十六号码头上空无一人。因为这个码头正好就在管制塔台的正下方，而下一艘飞船午后才会抵达，董现在手上无事，便自己下去查看。

码头上除了伫立着的装卸设备外，就像一个空荡荡的仓库，看不到任何遗留物品。董纳闷地四处巡视，当她来到一台装卸夹具旁时，听见了微弱的"叽——叽——"声。

---

① 虚数单位，$i^2=-1$，虚数指平方是负数的或根号内是负数的数。

② 码头上负责船只装卸及处理货物装卸异常情况的工作人员。

用来固定入港船只的铁爪状夹具上夹着一个东西,形状很像放大数倍的冰激凌甜筒。微弱的声音就发自那里。董操纵开关,将那东西从夹具里解放了出来。

这可真是个怪东西,一头尖尖,看着像螺,拿在手里很有分量,还"叽——叽——叽——"地鸣响着,震动不止。这到底是个什么玩意儿? 董正摆弄着,只见那东西的尖顶上冷不丁睁开两只眼睛,眨巴眨巴地看着她。

董尖叫一声把它给丢了出去,可那东西竟然没有摔在地上,而是尖顶朝上悬浮在空中,两个眼珠紧盯着董。董从没见过这样的东西,从外形上看,她觉得八成是机器人。

董心里直发毛,打算逃走,"螺"却滑行似的跟在她后面。"不要跟过来!"董大叫,但那东西似乎没长耳朵。

结果,那东西一直跟到了管制室,稳稳当当地贴在董的控制台边。

"这是什么呀?"同事们都笑了起来。

"哎呀,好有趣!"室长说着捅了捅它,可它一点儿离开的意思也没有。

董询问了已经离港的货运飞船,又和码头的配载员通了电话,他们都对那东西一无所知。"螺"身上什么标记都没有,根本无从得知它的底细。

　　唯一知道的是它持有船籍编号，港口的电脑显示这家伙是一艘飞船。来历不明，母港就在这里。看来，好像还是它自己登记的信息。

　　飞船？那么小，竟然是一艘宇宙飞船？

　　整整一天，那玩意儿就没挪过地方。董傍晚下班回家时它也没有动静，到了第二天早上，董来上班，发现它还在那儿坚守阵地。董刚一落座，它就发出了"叽——叽——"声。

　　看来它很中意那个位置。因为不像是爆炸物，董也就随它去了。

　　人类生存需要电。在宇宙中，最简单的发电方式是使用太阳能电池。离太阳越近，发电能效自然越高，因此大城镇都建在小行星带的内侧，绝大部分人类生活在那里。事件、流行、发明和政治也都由那里兴起，再向外扩散。惠斯勒二人组的主要活动范围也不例外。

　　艾女星却位于小行星带的外侧。它远离繁华忙碌的地带，是个四万人口的小乡镇。这颗小行星的形状酷似威士忌酒瓶，地下被挖得如蚁穴般四通八达，从而建起一座安全又温暖的地下通道都市。它的学校和商店街规模都很小，政府建筑也不大。唯有修建政府门前的公园时花费资金较多一些，绿意环绕着带喷泉的浅水圆池，池中有鸭群和一对海狸在戏水，也不知是谁给放进去的。

这是座虽然小却宜居的城镇，处处周到而体贴。只是，终究还是缺少了一点儿刺激。

正因如此，这里对外界来的刺激格外敏感。能望见净空区的抵达闸口外，总有人有事没事地溜达过来看上几眼；若有稍微有趣些的飞船抵港，人们更会携家带口地蜂拥而来。那场面总是热闹非凡，迎接飞船也就因此成了艾女星居民喜闻乐见的娱乐之一。甚至艾女星地方电视台也为此设置了专门节目，每天播报的新闻基本都是这样的："以上是体育新闻。接下来播报今日入港船舶情况。九点半，FedEx①的货运飞船'达科他号'将抵达本港。预计大家的快递和小型货物将在傍晚时分送达。十六时，伊势丹②HD集团的货运飞船'横滨号'——不好意思，是'横滨丸'——将抵达本港。看来本周末将举行大甩卖活动。"

飞船方面也深谙此道，会在预定的入港日前先打出广告，或直接在港口进行登陆当日特价促销等活动。每到这种时候，董也会稍微忙碌起来。

"艾女星管控中心，这里是'横滨丸'。我方希望能在三号码头靠岸。"

① 美国联邦快递集团。
② 日本百货公司，也是首屈一指的零售集团。

"'横滨丸'，欢迎入港。请在十一号码头靠岸……"

"艾女星管控中心，本船希望在三号码头靠岸。本次靠岸后要进行登陆促销，需要宽敞的场地，十一号码头空间不够。"

"'横滨丸'，贵船预约的是十一号码头。"

"确实如此，但希望能够进行临时变更。"

"可是三号码头的使用费要高出许多……"

"我们会补上差价。白天放出的广告中已告知顾客在三号码头促销，无论如何请通融一下，务必让我们使用三号码头。很抱歉，拜托了。"

"……那也只好如此了，请去三号码头。"

答复完"横滨丸"之后，董急忙打开和十一号码头的通信线路。

"这里是管控中心，呼叫地勤组。'横滨丸'的靠岸码头已变更。实际靠岸码头为三号！实际靠岸码头为三号！请导航、供电、供气和警备各负责人员移动至三号码头！"

"三号？那不是在港口的另一边吗！"

"对不起，拜托了，实在对不起。距靠岸时间还有两小时十分钟……"

董在麦克风前一个劲地冲被打乱计划的工作人员鞠躬。明明不是自己的错，道歉却是她工作的一部分。

　　突如其来的变更程序进展顺利，飞船最终平安入港。抵达闸口外挤满了迫不及待的主妇们。船体靠岸后，卖场的筹备人员下船娴熟地布置会场，刚一准备就绪，等得不耐烦的人群就一拥而上，争抢起商品来。

　　董和一位男同事透过显示器目睹了这一幕。

　　"真羡慕，我也好想去。"

　　"周末不是还有正式的促销吗？"

　　"看这热度，恐怕在那之前就会被一扫而空了！啊，那不是您夫人吗？"

　　"呜哇，真的是她！但愿她别又买疯了！"

　　男同事苦恼地按着自己的额头。

　　"横滨丸"的迎宾经理登上演示台，单手举着招牌商品，滔滔不绝地吆喝着，语速像机关枪一样快。围在演示台周围的主妇们叽叽喳喳地起着哄，她们就像飞落在饲料场的水鸟，不断地衔走心仪的商品，每个人都乐在其中。

　　"好了好了，各位！都回去工作！'爱神星号'将于十八时离港，不要光顾着看下面，做好准备，做好准备！"

　　夏普室长率真的语气中带着焦躁。她其实是所有人中对促销活动最为狂热的人，却因为工作的关系不能去凑热闹。

　　"是……"

"好……"

董和同事们无精打采地回应着，离开了显示屏。

"艾女星管控中心，我方已进入公共宇宙区域。通信即将终止，感谢你们的服务。"

"'爱神星号'，祝此去一帆风顺。"

董对离港的飞船说道。这不仅是工作上的场面话，也包含着她的祝福。

送走那天的最后一艘飞船，管制室再度陷入静寂之中。绿灯全亮，没有异常。

那块被绿灯环绕的空间，宛如与外界隔绝的另一个世界。所有的事都在它之外发生，它只是从董的左边闪烁到右边，从右边闪烁到左边。无忧无虑，却又清冷孤寂。

"呼……"

董重重地靠向椅背，发出叹息。

要说从不想去看看外面广阔的世界，那是自欺欺人。但董心知肚明，自己做不到。那不是能力的问题，而是关乎勇气。她没有勇气离开故乡的土地和伙伴，没有勇气迈进那个不知会发生什么的外部世界。

这也许正是人们如此憧憬外来事物的原因。

这时，堇的膝盖被什么轻轻地碰了一下，同时"叽——叽——"声响起。堇一看，那个像螺一样的怪东西搭在她的裙子上，两只眼睛仰望着她。

"你也想去外面吗？"

堇不禁冲它说起话来。那家伙左右震动着，似乎在说"不想"。

"也对，你本来就是从外面来的嘛……你从哪里来，又是为何而来？"

堇没指望得到回复，那家伙实际上也确实没有回复。它只是"叽——叽——"地鸣叫着回到控制台，在雷达观测器的角落安营扎寨。

"喂，你这样我就看不到画面了！"

堇嘟囔着，用手指推了推它。

然而它就像块沉重的巨石，纹丝不动。

3

艾女星所在的太阳系一派祥和，任何一个角落都没有战争发生。这样的和平已经延续了四十多年，彼时人类意识到，当遭遇看不顺眼的家伙时，开打之前不妨去往别处。之所以能做到这点，是因为太阳系浩瀚无边。

即便如此，军队还是存在的，因为也有人主张军队的存在可以避免战争。这理由也不能说不对，董算是能够接受，但她个人对军队没有什么好感——说没什么都是轻的，应该是很没有好感。

军舰为了避开敌人耳目，行踪无定，所以抵港时总是出其不意，令负责迎接的人不得不手忙脚乱地进行准备。然而，他们却屡屡无视别人的准备，入港时随心所欲、恣意妄为。态度要么盛气凌人，要么粗鲁无礼。

在董的立场上，很难对这样的来访者笑脸相迎。

不过，只有一艘军舰、一个人是例外。

"艾女星管控中心，这里是上海木星防卫公司所属的重布尘舰'黄帝'。希望于四个小时后抵港进行第二类补给。"

收到突如其来的联络后，董略感吃惊，向上司报告。

"室长，是军舰'黄帝'，预计四小时后入港。"

"军舰？那就是黄色警戒状态了。大家切勿对外声张。"

木星公司是中国的舰队企业，对包含艾女星在内的二百余颗小行星进行地区防御，相当于向艾女星提供保护的友方。因为敌人也在关注这类军舰的动向，所以不能轻率地将情报泄露出去。港口自身也提高了警备级别，几盏绿灯转变为黄色，同事们都露出了紧张的神情。

董的心也在胸中狂跳不止，但并非是因为紧张。

"'黄帝'，这里是艾女星管控中心，允许入港。欢迎回来。"

董说完后，对面的声音换成了另一个人。

"艾女星管控中心，感谢允许我舰入港，请多关照。"

这不是通信兵，而是"黄帝"的舰长约阿希姆·圣加仑中校，他的声音低沉冷静、温情款款。入港时，专程由舰长亲自致以问候的军舰，只有"黄帝"一艘。

四年前刚工作时，董的初次通话对象就是他，他的彬彬有礼令董误以为理所当然，所以之后被其他军舰粗鲁对待时，董深感震惊。

后来"黄帝"曾多次造访艾女星。他也总是一如既往地亲切，不知从何时起，董开始对"黄帝"的到来心怀期待。

圣加仑胆大心细地将军舰硕大的船体靠近港口，一次性停稳在停机坪上。这个男人不仅温文尔雅，技艺还很高超。

第二类补给很花时间，需要补充水、空气和电，还要装载食物和杂货。这意味着机组人员可以离开军舰，稍事休息。

董忐忑地注视着显示器中的码头实况。为数众多的深灰色工作服中，军舰士官们鲜艳的蓝色制服格外显眼。

光是看到这一幕，就已令董的胸中涌起一股暖意。

——我和那个人交谈过耶。

就在这时,控制台上的三角小不点儿悬空浮起,"咝"地滑走了。

"啊?我说……"

三角小不点儿出了走廊,监控里拍到它下楼梯的画面。室长一脸困惑地笑着目送它。

"哎呀,小不点儿这是要去散步?"

"我去抓它回来!"

董慌慌张张地追了过去。

三角小不点儿跑去的是"黄帝"所停靠的码头。明明应该锁上的门不知何故敞开着,它趁机溜了进去。"喂,站住!"董追在后面。军舰停靠区突然有普通民众闯入,惊得机组人员纷纷回头。但董也顾不上这些了,一定要在小不点儿闯祸之前把它给捉住。她拼命地追赶着。

"站住,别跑,喂……"

进入宽敞的码头不过一眨眼的工夫,三角小不点儿就没了踪影,不知飞去哪儿了。束手无策的董茫然呆立,只听身后有人说话。

"哎呀呀,这位小姐,发生什么事了?"

董回头一看,不禁满脸通红。眼前站着的不是那个人是谁?

"刚刚有个小东西飞了过去。机器人吗?是管制室的设备?"

他比想象中年轻得多，看上去才三十出头，却比想象中还要英俊。他有着灰色的眼眸，太阳穴上有道小小的疤痕。堇看得出神，同时意识到自己的失态。完了，自己刚刚尖叫着狂奔的模样岂不是被他看了个正着？

"小姐？"

对方又喊了一声，堇这才回过神来。自己刚刚没说话？光傻看了？啊啊啊！

"是！那个，对不起！擅自闯进来真的很抱歉！"

她手足无措地低头鞠躬，对方笑了起来，用无线电终端下达命令。

"全员注意，这里是舰长。管制室的小姐追宠物追到这里来了，我命令全员进行搜索。找到的人，我请他喝啤酒。"

一分钟不到，无线电终端就有声音传来："在本舰疏散舱口发现目标！"

"好了，小姐，你去接回来就行。"

"万、万分感谢……"

堇忙不迭地反复鞠躬致谢，之后顺着对方指的方向跑去。

三角小不点儿躲在军舰的船腹下，堇把它拽出来后，它便老老实实地跟着走。周围的人都笑个不停，堇一路鞠躬道歉，只觉得脸上火烧火燎的，逃也似的离开了。

跌回自己的座位十分钟后,董才好不容易缓过劲来。她摸着自己滚烫的脸颊,呼出一口气。

"我在搞什么啊?真是的!这下肯定被当成怪人……"

三角小不点儿"叽——叽——"地鸣叫着,听起来就像在笑。董起初怒目瞪着它,但紧锁的眉头在不知不觉间松开了。

——那个人找我说话了,还对我那么温柔!

这意想不到的幸运令董心荡神摇。

"我说你呀,该不会是故意这么做的吧?"

她戳了戳三角小不点儿,它悠悠地晃了几晃。董第一次觉得这家伙还挺可爱的。

"他叫我'小姐'呢,都是托你的福……你这家伙还不坏嘛,要不给你取个名字?"

略加思索之后,她想到了个不错的名字。

"'小筒'怎么样?你长得像冰激凌甜筒嘛,就叫你小筒好了。"

董兀自嘿嘿傻笑的时候,同事冷不丁地插了句嘴,吓了她一跳。

"斯迈鲁,你有没有好好打招呼啊?"

"……糟了,我连名字都没说……"

董抱着脑袋,小筒在她面前"叽——叽——"地鸣叫着,好像在戏耍她一般。

"黄帝"在艾女星港逗留了两天,这一晚就要离港了。和以往一样,它的目的地和对手都是秘密,但和以往不同的是,这次装载的补给品极多,甚至像科学探测船一样,连望远镜和测量设备都装备上了。

就算和竞争国产生了什么小摩擦,也不至于要用上这些东西才对。补给处的大叔告诉堇,从补给数量上来看,说不定"黄帝"要启程去遥远的外行星,这令堇有些乱了方寸。

无论去哪儿,无论去做什么。

一定要回来啊。

带着比以前更强烈的祝愿,堇为"黄帝"送行。

"艾女星管控中心呼叫'黄帝',一路顺风,愿此去平安。"

"'黄帝'呼叫艾女星管控中心,谢谢,我们必将归来。"

他的声音还在耳边回荡,军舰却已消失在茫茫宇宙之中。

堇离开座位,伫立在窗边,目送着引擎最后的余晖。同事们也都知道他们此去万水千山,都情不自禁地来到窗边送别。

一丝从未有过的寂寞在堇的心头泛起。旅人来了又走,只有自己留在此处,故我依然。

也许就这样也没什么不好,只是……

"可以的话,能多给我一点回应也好啊……"

艾女星管控中心又恢复了往日的平静。绿灯，以及静谧的空气。

"你好，欢迎来港。请前往四号码头，一路辛苦。"

董说话时，三角小不点儿搭在她的膝上。

她用满面的笑容，藏住了心中那一丝小小的缺憾。

4

许多绿色的光点在雷达观测器的画面上闪烁，它们成群结队地在艾女星进进出出，宛如巨大的绿色旋涡。这些光点全都是宇宙飞船，其中半数以上是友方的军舰。

为了应对蜂拥而至的访客，小行星艾女星的宇宙港管控中心忙得不可开交。

"呼叫第9丽神星打击舰队，你方配区为5区2轨。进入轨道请减速。"

"第203英泰拉莫尼亚打击舰队，你方停留时间只剩下三个小时。请报告出港准备进度。"

"第66达维达支援群、第66达维达支援群！第20健神星特别观测舰队对你方发出第一类补给的追加申请，请于二十分钟内给予回复。"

"警告！IHDG'横滨丸'，贵船即将进入临时军用轨道，即刻上升至轨道6。"

"第415原神星打击舰队，这里是第7艾女星统一出击基地管控中心，欢迎来访。第二类以上的补给最快将于五十二小时后开始。我方将会发送相关注意事项，请于贵舰队指挥官签字确认后发回。届时我方会出示一份本基地可提供的补给清单……"

"噫——"

艾女星的无线电操作员筒见董在工作间隙发出一声悲鸣。她取得专业通信工作执照至今已有四年，从没有像现在这样忙碌过。这不仅是董的初次体验，人类自百数十年前的阿波罗登月之后，也从未经历过如此混乱严峻的事态。

而这事态是指，在外行星遭到来自宇宙的敌人袭击后，人类决心万众一心、合力迎敌。

据说这一事态在五年前就已经有了端倪。雷达在银经90度、银纬0度，即相对于银河的右手方向探测到了奇怪的反应。人类派去一探究竟的探测器被不明身份者破坏。此后，人类锲而不舍地多次派出更加坚固结实的探测器，终于逐步探明了外星人的存在。

他们是来自附近恒星的迁徙者。先头部队不是外星人本尊，而是他们派来建设家园的机器人，预计机器人的主人们随后便至。机器人的大小和形状都酷似地球海洋中的海胆，单个来看一点儿威胁也没有。问题在于它们的数量，它们聚集在一起移动，形成宽达一千万千米的"大河"，这令探测器从一开始就报告称其"无法计数"。这条"大河"的最前端已经越过了太阳系，远在约120亿千米之外，但今年开始"干流"才姗姗来迟。人们得知，届时恐怕将有10万亿个"海胆"经过太阳。

10万亿，多么夸张的数量。但据工程学家说，它们全部相加也只相当于一颗直径一千米的小行星的质量。若人类最大限度地利用自动化机械，造出10万亿个同样的东西不在话下。然而，要论起花费数年时间将它们源源不断地投放至恒星际所需的精力和体力，人类却望尘莫及。因而，该钦佩的并非对手的科学水平，而是他们钢铁一般的毅力。更何况不管怎么说，这确实是一项了不起的大工程。

被"海胆长河"漫过的行星会是什么下场？木卫三可以告诉人们答案。这颗木星的卫星如同月球的兄长，上面遍布岩石，如今它的颜色却正迅速地发生着变化。星球上处处可见藏青色的五角星在蔓延，就像橘子上生出了霉斑，这些"霉斑"实际上是"海胆"们从地表精炼出的硅化合物。科学家预测，如果置之不理，用不了五十年，木卫三就会被侵蚀殆尽。

"海胆"大军不会发射激光武器和导弹。即使受到攻击,它们也几乎不进行躲避,一旦坠落到有大气层的星球上则会燃烧殆尽。经计算,10万亿个"海胆"中将有99.99%会坠落到太阳上,或直接越过太阳系离开。

但倘若它们在真空中撞上什么,就能改变对方的结构成分。它们会用硬刺紧紧地扎在猎物上,不断蚕食。

简而言之,它们将给小行星带带来灭顶之灾。小行星带里到处横亘着没有大气层的岩石天体和金属天体,其中数百个上面有人类居住,不是十人、二十人,而是数亿人。

基于以上原因,人类在四个月前终于下定决心,宣布用舰队迎击剩余0.01%的"海胆"。

其后,人类在14个小行星上展开"大西洋哨兵"作战,艾女星也被包含在内。

而这需要召集全太阳系的军舰并进行迎送,将是十分繁重的工作。

"艾女星管控中心警告。第4智神星、第12智神星、第51林神星、第76司法星、第80尽女星打击舰队,以及红海义援舰队的各舰请注意,你们正位于与艾卫的交叉轨道上,请确认艾卫的轨道周期进行避让。艾卫是本小行星艾女星的天然卫星!"

以艾女星这个偏乡僻壤本来的管制能力,一天最多只能协调

20艘飞船出入港口，然而连日来，每日造访的飞船均达到百艘以上，严重超出了港口的容纳能力。进不了港的飞船只能绕着艾女星一圈圈地飞行，靠补给船提供物资和娱乐。补给船和物资由联军统一调配。派不上用场的艾女星就只相当于给飞鸟歇脚的栖木罢了。它提供引力，拉住来此暂作休息的飞船，避免它们到处乱飞。

"才不是只有引力呢，我们艾女星不也提供劳动了吗？"

"那你也犯不着嚷嚷啊。"堇对虚张声势的男同事说，他们此时身处艾女星地下街的政府前，坐在有鸭子和海狸戏水的喷泉广场的长凳上，堇干巴巴地嚼着充当午饭的面包，"我们出的那点儿劳动根本就不值得一提。"

艾女星协调不了数百艘飞船。出于增援的目的，联军的港湾统管部队带着器材大举进驻管制塔台。在多达250名的外援面前，只有20来人的堇等人反而失去了存在感。

"联军的管制员们干活儿多麻利啊，你看到没？他们一个人能同时协调8艘飞船！我们和人家怎么比啊！"

"所以才更焦躁嘛！我们才是主人翁啊！"

"好啦好啦，你冷静一下。多亏人多好办事，我们才得以8小时轮一次班，不用加班加点，还能像这样悠闲地吃午饭。"

说着，堇喝起了充当饭后甜点的酸奶。这是从畜牧基地加急运送来的物资。托战争的福,新鲜物品随运随到。刚一入口,董便感到口中盈满层次丰富的甘甜。

喷泉前很热闹。来自各小行星舰队的军人和文职人员下船到艾女星街头觅食,他们的制服颜色各异,分别代表着他们的来处。还有不少是看到商机的艾女星本地人,摆出货摊招揽生意。每个摊子的生意都很兴隆。

"就算做配角也没什么不好的。"

"叽——叽——叽——"三角筒在董的膝边发出鸣响,乍看之下就像大号杯的饮料。董捡到的小筒现在就像宠物一样,寸步不离地跟着董。

"幕后工作者是不可或缺的。为了在前线战斗着的人,需要有人在后方踏实朴素地努力……"

没错,无名英雄至关重要,董如此安慰自己。前面的人能大显身手,离不开背后坚定不移的支持。宇宙中多的是这样不起眼却极为重要的工作。管制员啦、维修员啦、零件检验官啦,还有战舰领航员……

嗯,自己并不孤单,在这浩瀚宇宙中,一定有许许多多的幕后英雄默默无闻地贡献着。只不过没有被聚光灯照到而已,换个角度来看,说不定我们才是奋斗在第一线……

"哎呀,小不点儿跑掉了!"

"欸?"

陷入沉思的董猛地回过神来,顺着同事手指的方向看去,只见三角筒雄赳赳地飞远了。董慌慌张张地收拾好酸奶空瓶,追了上去。

三角筒飞向广场正中央的喷泉,而此处已被相当引人注目的一群人所占据。有手持麦克风的女记者、双肩扛着双反相机的摄影师,以及摄制组成员等人。他们来自大都市谷神星的电视台。

女记者的采访对象是站在喷泉池前身穿华丽制服的舰队幕僚。

"请问,扫荡飞来物的感觉如何?"

"相当轻松。因为对方前进速度很快,只需在其前方撒上沙砾就能将其烧尽。我们称之为布尘作业。"

"能不能请您说句鼓舞大家的话?"

"太阳系的各位市民!和平由我们来守护。大家无须担心!"

虽然不知道他们来自哪支舰队,不过这话也说得太帅气了吧。真不愧是冲在第一线的军人!周围挤满了看热闹的人,实际上从刚才开始,董也对这边多有关注。

三角筒挤进人群,在幕僚们周围咻咻地盘旋。拍摄现场顿时一阵大乱。

"呜哇!"

"这是什么?"

"警卫!警卫!"

"抓住它!"

"对不起,对不起!"

董大叫着冲进人群,一把逮住三角筒,又飞奔而出。身后有人大声地呵斥:"那家伙在搞什么鬼啊?!"

在熟悉的艾女星街道上慌乱地逃开一段距离后,董终于停下脚步。她呼呼地喘着粗气,肩膀剧烈起伏,同时瞅着三角筒。

"到底……想干吗呀你……真是……"

小筒的尖顶上露出两个眼睛,骨碌乱转,看上去像在笑。董露出凶狠的表情瞪它。

"你不可以这么做!不能给别人添麻烦!"

小筒将尖尖探到董的眼前,晃悠悠地振动着。这是它发出抗议时的动作,像是在问"为什么嘛"。董不为所动,双手紧紧地抓牢小筒,和它对峙着。

"说不行就是不行。没什么道理好讲!你要是再捣乱,就把你扔到宇宙去!"

"叽——叽——叽——"小筒响声大震,像是在说"不要那样做嘛"。

这个三角玩意儿带着船籍编号。根据港口电脑的记录,它是一艘停泊中的飞船,董看见记录其运行状态的档案中正式地写着"母港:筒见董"。不知什么时候,自己竟被当成了"母亲"。

她曾担忧地拿给维修人员看,结果对方两眼放光、兴趣盎然,强烈要求拆开来研究。比起小筒的行动和来历,那人对小筒"任你按压捏抓,我自岿然不动"的属性更感兴趣。但董不忍心弄坏它,拒绝了对方。小筒可以做挂衣架,还可以担当夜路守护者,出乎意料的方便和可靠。反正它不会发送电波这点还是能够确定的,看来并不是什么人设置的偷拍摄像头。

就这样,董喜欢上了小筒。她很快就不再瞪它,将它抱在怀里。

"好了好了,因为我一直盯着那些人看,害你担心了吧?"

"叽——叽——叽——"小筒发出愉悦的鸣叫,再次悠悠地摆动起来。

"差不多该回去工作了,现在几点了?"董将它夹在腋下,抬手看表。

就快迟到了!董夹着三角筒,向宇宙港飞奔而去。

5

"第 326 命神星照射舰队,允许出发。请在拉开规定距离后再发动主机——祝一路顺风,加油。"

"326 了解,你不必瞎操心。通信结束。"

和以往一样,笑脸只换来冷漠的回应,董的脸抽搐了几下。

这就是她讨厌军舰的原因。

又有新的舰队离开了艾女星。这是第几个了?虽然不知道准确的数字,但肯定超过 200 了吧。被这种程度的数量磨炼过后,就连艾女星的管制员们也完全习惯了忙碌的节奏,有了能在正式通信的空当里聊上只言片语的从容。

"第 66 达维达支援群,请于十五时前在轨道 2 待机。我说,326 无线电操作员的心情怎么会那么差啊?"

"艾女星管制中心,这里是 66 达维达。我听说 326 的旗舰上出现了一名逃兵。不知是不是因为这个。"

"肯定是。"

照射舰队的任务竟然危险到会出现逃兵?董试图想象他们的任务,却想象不出什么来。只听说他们的工作是发射强力的激光烧毁"海胆"。

不光是照射舰队,所有去歼灭"海胆"的舰队取得的战果都没怎么被报道过。联军解释是为了避免引起市民不必要的激动。董的闺蜜们向她打听情况到底会如何发展,但实际上,董他们这些港湾管制员也并不清楚。因为上了前线的舰队并不都会重回艾女星,也可能前往其他港口——事实上半数以上的都去了别处。就算回到艾女星港,战舰上的人也都累到不怎么愿意交流。董觉得这很可惜。

要是能接受采访,不断地进行宣传报道就好了。这样一来,大家也能安心些。

董感到如今的艾女星隐约笼罩在不安的云层中。当然,董实际上是看不到什么云的,这种气候现象在小行星地下都市并不存在,只不过是种修辞。但确实有种忧心忡忡的氛围弥漫在艾女星人之间,就如同云层一样。不仅艾女星,就连那些拥有大都市的星球也同样如此。

其实,据说艾女星一年中被一只"海胆"撞上的概率还不到0.6%。就算10万亿只"海胆"以1000万千米的宽幅移动,概率也只有0.6%而已,太阳系就是如此广袤无垠。虽然科学家这么说,人们却吃不下这颗定心丸。大家不知道该如何去对待这件事,这也正是不安产生的根源。

于是艾女星上的人们干脆对此事闭口不谈。为了忘掉它,大家埋头工作,不去谈及有关"海胆"的任何话题。面包店老板烤着他的面包,学校的老师教着他的公式,明星球员照旧灌着篮,军舰按计划启航,管制员则笑脸相送,好像什么也没有发生。这一切看起来诡异极了。

　　只是,面包店老板烤焦了他的面包,军舰上的船员们也心焦气躁。

　　"讨厌,镜面球怎么又坏了!"

　　就连夏普室长也露出疲态,以她的个性倒不会焦躁不安,但会哭唧唧的。

　　"谁能去看看呀? 斯迈鲁,你有空不?"

　　"哪有什么空。"

　　"那也帮帮忙嘛。我要盯着这边走不开。"

　　堇嘴里"好好好"地嘟囔着,滑动座椅去查看。镜面球是指全方位激光通信光感器,缺了它便无法与其他星球通信。它的设置点离艾女星不远,其特征与普通的抛物面天线不同,能接收到任何方向传来的激光,再加上总是进行双轴旋转,所以每年都会坏上几回。

　　堇按固定程序着手修复。首先是启动备用光感器进行交接,再命令故障机传送运行记录。室长偷眼看过来。

　　"我说,是不对劲吧?"

　　"出现了严重的杂音,时断时续的。"

　　"因为它在旋转嘛。我估计是不是哪儿有了磨损,以至于每次转到那儿就会嘎吱嘎吱的。"

　　嗡、嗡、嗡、嗡,堇的耳机中响着有规律的杂音。对于旋转的光感器来说，这周期未免过于缓慢了。

"咦，不是常见的故障呀。"

董用电脑分析运行记录之后，发现这种损坏方式此前从没出现过。旋转周期和杂音出现的周期并不一致，无法得知杂音的来源，甚至杂音似乎并不是自光感器本身发出的。嗯？这么说的话，难道……

"室长，室长，该不会是发信源那边在旋转吧？"

"哎？可是只有杂音啊，又没有信号传过来。"

"所以说嘛，可能就因为传送不了信号，只能发射着激光一圈圈地转啊。"

"那也太奇怪了吧，除非刻意避开旋转曲面，否则激光总会命中的……"

"要是本来就没有瞄准呢？比方说，遇到了身不由己的情况，除了螺旋扫描外别无他法……"

董顿住，环视四周。不知何时起，管制室中所有人的视线都集中在她身上。董本人也隐约意识到自己所说的究竟是个什么情况了。

不知是什么人在某个未知的方位，一直试图向艾女星发送信号。但对方只知道艾女星的大致方位，也无法说明详情。于是他只能开启强力的电灯，像灯塔一样一圈圈地旋转，寄希望于转着转着能被艾女星这边察觉。然而，这边却误以为是接收器故障。

下一个瞬间，联军管制官队伍炸开了锅。

"方向！探查方向！"

"周期和强度是多少？"

"先联络轨道上的舰队，肯定有哪个舰队挡到了旋转曲面。"

"我说，你赶紧把那份运行记录传过来！"

"啊？好！"

董被他们的气势震慑住了，立即将运行记录交给联军管制队。

只花了八分五秒，发信源的方向和距离就被测算了出来。救助舰紧急出动，救下了那艘失事飞船。

"翡翠小姐，请问您最初听到救援舰发来联络时是什么心情？"

"太美了！那是天使的歌声。我从未听过如此美妙的声音，眼泪止都止不住。"

"凤嘴先生，请说说您在等待救援时的心情。"

"不甘心啊。我还以为再也唱不了歌了。其实，我直到被救前一秒都还在创作新歌，打算将它作为自己的遗作。"

"那可真令人期待！请问打算何时发布呢？"

"要等到歌名定下来之后。歌名肯定会和'探测到我们的激光'有关——"

"啪"的一声，男同事切换了 3D 播放器的频道，摇滚双人组合惠斯勒也随之从画面上消失了。然而每个台的播放内容都一样，全是关于翡翠和凤嘴的私人豪华飞船"惠斯勒号"于航行中不幸撞上"海胆"的事。在他们完全没有察觉的情况下，船体外板被"海胆"侵蚀，导致无法航行。电脑和通信设备都失了灵，可以说等同于"被困"状态，所以只能依靠直觉，朝艾女星可能所在的方位不停地旋转激光发信器。

"这算是奇迹了吧！居然大难不死。"

男同事看着屏幕上的"惠斯勒号"说。他们现在待在艾女星管制塔台的小休息室里，这里现在算是本地管制组最后的堡垒。"惠斯勒号"在屏幕上泛着微弱的紫光，像是走了形的双壳贝。

"是啊。"

董虽然点头附和，心情却开朗不起来，反而因糟糕的联想而备受打击。

"宇宙飞船的长度顶多也就百米左右，比 56 千米的艾女星小得多。可即便如此，它还是撞上了'海胆'，你们觉得就只是运气不好吗？"

同事愁眉苦脸地盯着自己的指甲尖，夏普室长也露出一副困惑的神情。

同事嘟囔道:"要不是运气超级不好的话,就是撞上的概率增加了,对吧?"

"可是,那两个人的运气怎么会不好呢?"

室长一本正经地说道。

6

要是能持续宣传报道歼灭"海胆"的战况就好了,这样一来大家也会安心些。董的这个愿望很快就实现了,然而内容却不是她所希望听到的。

"太阳系的各位,我是上海木星防卫公司的约阿希姆·圣加仑中校。今天,我作为某个现象的发现者,想将其严重性告知大家。沿银河系旋臂飞来物,即我们口中所说的'宇宙海胆',在太阳光的照射下会扬起小小的风帆,虽然角度极其微小,但能够确实地改变前进的方向。具体来说——"

出现在休息室 3D 播放器上的人和他的发言令董受到了双重惊吓,她当时正要将便当里的小番茄送入口中,却在惊慌中弄掉了。

在迄今为止的调查中,人类捕获的"海胆"上都没有火箭喷射口，它们被认为不能自主活动，只能笔直地随波逐流。

然而，圣加仑中校的战舰"黄帝"逆流而上，在"海胆"之河的上游发现它们正悄然地发生着变化。它们很可能收到已越过太阳系的同伴所发回的报告，意识到它们中的绝大多数根本抵达不了目的地。"海胆"们惊觉不能止步于此，于是勃然奋励，竟创造出不用火箭推进就能改变路线的方法。

这种方法充其量只是聊以自慰，就算它们从相当近的距离周密地有意为之，也未必能到达它们的目标所在。所有"海胆"全都噼里啪啦地砸向月球的这类事态，是不可能突然发生的。

但是，它们到达有人天体的概率却从本来的 0.01% 提高到了0.1%。

也就是说，本来会造成危险的"海胆"只有十亿，现在却变成了百亿之多。

"坦率地说，现在的形势不容乐观，普通民众遭受损失已不可避免。希望大家能做好心理准备。我们亦当全力以赴，如有必要，哪怕以舰为盾也会拼死守护城镇——"

3D 播放器的画面突然被切断，换成了联军军舰的录播画面。这切换时机令人疑窦顿生。很快，画面上又重新有人出现，不过不再是圣加仑，而是演播室内的主持人和解说员。

有同事苦笑起来。

"哎呀，被禁言了，看来是说了不该说的话啊。"

董从主持人身上挪开视线，转而望向天花板。她回忆起那位太阳穴上有着小疤痕的舰长，他刚刚发言时，灰色眼眸里浮现出的神色是那样凛然。

"他原来是在做那样的工作啊……"

此后一段时间内，一切如常。艾女星的面包店老板、老师和运动员都在各自埋首于自己的工作，董自己也一如既往地为舰队送行。

然而，并非整个太阳系都像这般风平浪静。"惠斯勒号"遭遇的那类袭击事件越来越多，不是那里的宇宙飞船，就是这里的小行星被"海胆"逮住，"Mayday"[①]信号纷至沓来。本来董他们只是三天接收一次求救信号，很快每天都能收到，再后来每次轮班都收得到了。管制塔台里设了负责接收求救信号的专岗，这一岗位不久后被并入"海胆"灾害地域对策总部。对策总部征用港湾部的旧拖船和轨道清扫船，针对落到地表的飞来物进行了早期清除作战，俗称"捡海胆"。很快，"捡海胆"的人手大大不足，开始向市民寻求协助。自治会和公司都制定了排班表，人们轮流穿着太空服在小行星表面巡逻，一如久远的往昔，临堤的村民们在暴

---

① 国际遇险无线电话呼救信号。

风雨之夜所做的那样……一切都印证了圣加仑所说的话。笼罩着艾女星的已不再是隐隐带着不安的云层，而是提心吊胆的紧张感——稍有松懈就完了，一旦有所遗漏，我们自己的城镇就会被吞噬。

管制塔台中的管制员们也是如此，他们最直观的感受来自雷达上的绿色光点。虽然现在乍看之下仍觉得光点很多，但如果因某个契机浏览到半年前的记录，就会不寒而栗，那时的光点数量远比现在多得多。

就在不久之前，还有那么多己方的舰队……

"联合舰队到底在干什么？"质疑的声音已经出现很久了，却迟迟得不到任何回应。突然有一天，军方将情报全盘托出，显得迄今为止的沉默是如此不真实。公布之后，令大家深感震惊的，是军队实际实施的作战次数。自初期的"大西洋哨兵"作战开始，到"黑色风暴"作战、"猫咪足印"作战、"点火器"作战、"神圣平衡"作战等，已经实施的作战高达百余次，而且一直不断地调整战略、改变手段。虽然不为人知，但军队一直在以他们的方式奋勇迎敌。

至今都没有公开的理由是，就算将这些作战的成果加在一起，也只歼灭了八千万敌人而已，而与"海胆"冲撞和其他事故等造成的我方损失却相当惨重。联合舰队内部追责，进行人事大换血，新高层的出现才终于令一切得以浮出水面。在新的局势下，此前一直未能发挥出实力的年轻一代大批晋升，取得了前线指挥权。其中就有约阿希姆·圣加仑准将的名字。

他制订了名为"屋顶冷凝器"的新作战方案，打算为宇宙中的人类设施分别配备冰盾以抵御"海胆"袭击，年仅33岁的他被任命为这项作战计划的司令官。

就在同一天，董也得到了升迁。

"可不可以麻烦你去艾卫工作？"

"啊？"

和往常一样在座位上忙碌的董抬起头来，目瞪口呆地看着夏普室长。室长突如其来的话令她猝不及防。

"您说艾卫？那个艾卫？在天上转圈圈那个？"

董指指头顶。艾女星的这颗卫星只是个直径1.5千米的岩石块，那上面应该只有通信设备而已。

"就是那个艾卫！要在那里建废舰和待修舰的中转站，因为我们这边已经挤不下了嘛。当然了，早晚的巴士交通费都由这边掏，你不用担心。"

"每天往返吗？那倒也没什么不行……"

"真的吗？那就拜托你了，斯迈鲁分室长！"

"欸？"董想都没想就反问道，"分室长？让我当头儿？我不要，这不合适！我哪有资格指挥别人！"

"这倒不用担心。"

因工作劳累而日渐憔悴的室长脸上勉强挤出了一丝笑意。

"反正是个光杆司令。"

在扫荡作业中受损的军舰和运输船会回到艾女星。无法修理的和不值得修理的飞船都不能滞留在港内，放着不管又很碍事，所以这些船就会转航至艾卫，然后在那儿静待废品回收人员前来处理。

堇成了那里的值班员。

"你好，欢迎来到艾卫中转站。是木星公司的'神农号'吗？完全损坏？真是太遗憾了。请停至 E90 位，并将核反应堆、电子设备、计算机等全部留下。舱内没有会腐败的生鲜物品吧？所有程序完成后，请至 A0 位办事处进行文件登记。前往艾女星的接送巴士逢整点出发——请不要打附近船只上任何可用零件的主意，我能看得到哦。"

不断有人来，却尽是些闷闷不乐的人。这倒也是，与自己形影相依的战舰被毁，哪儿还有船员能笑得出来。

堇与这些人公事公办地交流，一遍遍地说着注意事项。她自己也无法从中得到半点乐趣。

"唉……"

工作的间隙，董不免叹气。

"社会需要无名英雄……需要归需要，可这也太……"

艾卫如同一座岩石山，办事处是设在地表的密封集装箱，而董就在其中一角办公。集装箱内部是不知从哪儿搞来的二手舱室，以至于尽管只有董一个人，却有好几张桌子，空在那里很煞风景。董每天都从自己家带来切花，本指望多少能点缀一下，却反而因为过于明艳而显得极为刺眼。

"这里真是土死了。"

董"咚"地把头搁在桌面上，三角筒便马上"叽——叽——"地鸣响起来。董轻轻地拍了拍小筒。

"啊真的是，幸亏把你给带上了。要是就我一个人待着，衰老速度估计还得比现在快上三倍！"

小筒蹭着她的手，高兴地"叽"个不停。

突然，小筒发出一阵董不甚熟悉的尖锐"哗"声，接着飞进气密室，关上了闸门。

"咦，小筒？"

如果不小心打开气密闸门，房间里的空气就会流失，所以这里通常是用电子锁牢牢地锁上的，但此刻显示板上却出现了"外门已开启"的字样。这是怎么做到的？小筒自己打开门跑出去了？

又跑去哪儿了？董正感疑惑，高亢的呼叫声骤然响起，吓了她一跳。这是发生事故等情况下使用的无线电紧急呼叫。她飞奔至接收机，按下按钮。

"这里是艾卫中转站！发生什么事了？"

她本以为会听到呼救，没想到无线电对面传来许多人的叹气声。

"有人在啊……"

"请问，到底怎么了？"董一头雾水地问道。

这时，对面响起了一个似曾相识的声音。

"下面我要说的事极为重要，请仔细听好，希望你不要发出任何质疑，完全按照我所说的去做。我是军舰'黄帝'的舰长。"

是他！董屏住呼吸。"屋顶冷凝器"作战进展顺利、颇具成效，如今已经成为大家心中防御"海胆"的决定性方案。指挥作战的圣加仑也因此人气飙升。

然而，他现在传达的消息却令人一点儿也高兴不起来。

"我们在三日前开始对艾女星进行防御，挡住了飞来物的入侵。然而幸存的敌人在此又一次完成变异，能以比此前更高的准确率狙击人类设施。因为我们的存在，它们无法对艾女星下手，所以重新瞄准了紧邻艾女星的另一个目标，也就是艾卫。"

说到这里，他吞了口唾沫。

"艾卫将于二十四分钟后被 60 万个'海胆'袭击。希望你们立即进行避难，不要有任何延误。请向着我现在告知你的恒星方向，利用尽可能强劲的喷射器逃离。除此之外，没有其他获救方法。"

"欸？"

董的脑中一片空白。这里除了一件太空服外什么交通工具都没有，也没有可以依靠的同伴，而巴士十分钟前才刚刚离开。

对方将恒星坐标和定位方法告诉了她。董机械地暂且记录下来，之后她大着胆子说："那个，这边能喷射的只有喷枪！我来这里一直都是乘坐巴士的！"

就算是隔着无线电，她也能感觉得到对面许多人陷入了沉默，这氛围糟透了。

"……总之，希望你按我所告知的去做，还有二十二分钟。"

"好、好的！"

董仍先规规矩矩地切断了无线电，这才扑向放着太空服的储物柜。

好在柜子里装着的是无须进行减压准备的硬式太空服，董松了口气。匆忙换上太空服后，她来到室外，按照圣加仑的指示开足喷枪进行喷射，时速达到了 60 千米左右。以这个速度，只需一个小时就能到达艾女星的另一边。有必要这么着急吗？她有些困惑，仰头向前进方向和直角方向的上方看去。这一看，令她一度忘记了呼吸。

那明亮的星空压得异常近，不，她知道那不是星星，那光芒也并非反射自太阳，那是和若有似无的黄道尘①相摩擦而发光的"海胆"大军，它们正如流星雨一般倾泻而下。

密布的光点如覆盖在头顶的大伞，向她逼近。看着看着，董竟分不清究竟是它们在向自己靠近，还是自己在向它们漂移过去。董活像古早电影中登场的宇宙飞船，一边缓缓地旋转着，一边急速闯进了不断扩散的茫茫光点中。

"呜哇、呜哇哇哇！"

以流星来形容纷落的"海胆"再准确不过。董此前只在影像中见过，此刻却能真切地感受到光点掠过身边时的速度感。她听说"海胆"的速度相对于太阳系达到了秒速 80 千米。一秒 80 千米啊！哪怕只有一根手指尖被擦到，全身恐怕都会蒸发殆尽。就是这样可怖的东西，正无声无息地在空间里横贯而过。

随着身体的旋转，艾女星出现在董的视线中。那边似乎平安无事，但自己逃出的艾卫已有一面被冲撞产生的火花所覆盖，火光四起、朦胧不清。啊啊，幸亏我不在那里，董木然地想。

---

① 也称黄道云，是太阳系内散布在黄道面附近形成薄煎饼状云气的集合体。

说起来，小筒去哪儿了呢？

面朝那些缓慢自转着飞来的"海胆"群的辐射点 ① 方向时，视野里一个小小的光点引起了她的注意。她记得自己在什么地方读到过，如果一个点状物看起来并没有漂移，那就是在笔直地朝着这边飞来。

那颗星是冲我来的。

小点迅速接近、骤然变亮。时间明明不到一秒，却感觉像是过了数十秒。突然，一场毫无来由的后悔席卷而来——我刚才为什么没有向他表白？

要撞上了！与此同时，董的眼前光芒大盛，令她的视野变得一片雪白。

"呀！"

她情不自禁地发出哀鸣，捂住了脸。可自己为什么既没有被掀飞也没有被蒸发？董意识到自己还活着。只是眼中的雪白转变成一片赤红，刺痛不堪。

"这、这是什么……"

"你没事吧?! 刚刚我们用本舰主炮扫射了你的周围！"

看来"黄帝"因为无法直接实施救援，所以发射激光炮焚烧

---

① 视觉上，流星雨中的所有流星仿佛是从天空的某一点向外辐射的，这一点就称为辐射点。

了"海胆"。既然这样，能捡回一条命就谢天谢地了。不过，这一炮打得可真准啊！用军舰主炮去救一个微若尘埃的人类，准确炮击的难度就如同闭着眼将线穿过针眼一般。

董的双眼因强光而泪流不止。她流着泪喃喃道："我没事。谢谢，真是对不起……"

"感谢的话就对炮手说吧。"圣加仑说，不知是不是询问了部下，他像是突然想起了什么，"你之前是艾女星的管制员吧？这算是我们一直以来受你关照的谢礼了。"

身份暴露了！在太空服的防护面罩下，董满脸通红。要说出心里话只有现在了！她心念一动，便大喊起来："圣加仑舰长，我——"

"怎么了？"

"我喜欢你，请和我交往！"

无线电那头又是一片安静。这次沉默所代表的含义明显和之前不同，但董顾不上这些。她深呼吸之后，想将最关键的事告诉对方。

"我的名字是——"

"第二波'海胆'接近中！将于四十秒之后抵达！"

不知是谁大喊了一声，毁了董的告白。要是在其他场合，董肯定会勃然大怒，但现在不是能容她插嘴的状况。

"主炮能打吗？"

"还在充能，来不及了！"

"那就用副炮打！"

无线电里传来杀气腾腾的声音。

又一次，四周光芒骤起，宛如无数枚闪光弹在身边炸开。董紧紧地闭着眼，虽知没有任何意义但还是下意识地用双臂护住防护面罩。很快，她听到了自己绝不想听到的话。

"不行了，舰长。火力不够。"

是吗，不行了啊。

喉咙里有什么直往上涌，眼角也变得滚烫起来。董闭着眼睛，将自己蜷成一团。自己还有几秒可活了吧。至少在死之前，能听到他的答复就好了——

"嗯？"

"什么……咦？"

然而耳边传来的仍是其他人的声音，这让她有些不快。真是够了……董很想抱怨一番。

但随后，她意识到情况有些异常。

"在漂流者的正上方！"

"在防御敌人……"

"好大……不，越来越大了！"

"哦哦？"

耳边的骚动声听上去不像是军舰上的人会发出的。正上方？董也想看看发生了什么，但泪水遮住了她的视线。她甩了甩头，又反复眨了眨眼，好不容易算是看清了。

在她的头顶上，一个三角形的屋顶正在形成。该怎么形容这个过程呢？正在搭建？轻快地延展？还是从看不见的隧道里接连不断地冒出来？总之那物体最初不过一间小屋的大小，眼瞅着就扩大成了一个巨大的伞盖。

这个东西呈圆锥形，酷似一个横放的螺。须臾之间，它就暴长至两头分别接近艾女星和艾卫那么大。虽然从董的方位看不到，但它的表面挡下了众多"海胆"的直接攻击，如同暴雨中的路面，起伏激荡，无比壮观。

"什么?! 这是……"

董张大嘴巴，她完全不知道那是个什么东西，却意识到自己竟然知道该如何称呼它。她战战兢兢地试着呼唤道："小、小筒？"

"叽——叽——叽——"

无线电中传来了熟悉的声音。

下一个瞬间，这个全长超过 40 千米的巨大圆锥筒以令人不敢相信的轻盈翻转身体，翩然飞入宇宙的幽暗处，而那正是"海胆"飞来的方位。

就这样，巨大的三角筒瞬间消失无踪，这一切发生在电光火石之间，前后不足十秒。"海胆"流星雨也终告结束。堇茫然地飘浮在"雨"过天晴的宇宙中，猛地想起自己还有话必须要说，叫了起来。

"——圣加仑舰长！我、我是……"

"啊，啊啊！你是？"

"是艾女星的——"她深深地吸了口气，意识到现在根本没有时间搞什么浪漫，"艾女星的管制员！刚、刚刚那个物体离开的方位，请记录下来并告诉我！"

她发现对方的回答稍显迟钝。

"明白了，已经做了记录。现在首要任务是救你，记录之后再传达。"

目前，军舰的作战行动基本上仍不对外公开。在堇的老家——艾女星的管理室中，人们只能看到影像中变得坑坑洼洼的艾卫，所有人都认为堇死定了。大家正哭成一片，却见被"黄帝"救回的堇冷不丁地冒了出来。所有人都露出一副撞见鬼的表情，夏普室长惊慌失措之下还撞翻了一张桌子。

即便如此，那一夜他们还是举办了一场庆祝会。

堇在热闹的席间被大家团团围住。她笑容满面，心里却有两件事始终放不下。

其一，救了自己的"黄帝"舰长，躲开了自己的目光。

其二，那个消失在宇宙彼方的小粘人精——三角筒，它到底是什么？

7

银河系旋臂飞来物，俗称"宇宙海胆"，会侵蚀无机物、将其变成毫无用处的紫色结晶。其存在被公开的一年半后，人类所居住的众多小行星已有半数配备了厚厚的冰盾。

那些尚来得及实施联合舰队"屋顶冷凝器"作战的星球都抵御住了"海胆"的侵害，然而仍有一半星球防不胜防，变成了紫色的死块。这些星球上的人们迁徙至幸存的星球，总算是安顿了下来。

截至此时，越过太阳系的"海胆"已约达13万亿个。但用望远镜观测"海胆"之河上流的科学家预告，这条浩瀚的"大河"还将在今后的五十年间继续奔流不止。这帮外星人实在是毅力惊人。若任由它们继续奔流五十年，到时恐怕几乎所有的小行星都难逃厄运。绝大多数人都因此意志消沉，开始考虑是否要重回"海胆"魔掌难及的地球。

实际上这个方案并不坏。地球上仍遗存着诸多事物。美丽的自然环境、历史悠久的街市、美味的食物、可爱的动物，以及温暖舒适（有时又寒冷而刺激）、氧气充足的空气和水。丰饶充沛的绿意拥抱着那个圆形的星球。

地球的环境宽容稳定，只要选对季节，即使在室外裸睡也不会感冒。这对早已习惯了宇宙严酷环境的人们而言充满魅力。

人们都说，也是时候回去了。我们啊，已经努力过了，现在重返田园又有何不可？何必总是一意孤行？回去吧，回到那令人怀念的故乡！

"别说蠢话了！"

最先跳出来痛骂并推翻这种想法的人是谁？

是跃动在舞台上的身影。

"回地球？你们这些混账家伙到底是为了什么跑来宇宙的？地球拥挤又逼仄，腐朽陈旧的人类社会被常识、隔阂、环境污染和意识形态所束缚，你们不正是因为厌恶那一切才到宇宙中来的吗?!"

"嘭！"龙形烟火在空中绽开，摇滚双人组合惠斯勒的两位成员以烟花和激光灯束为背景，嘶吼着，呐喊着。

"自然算什么？历史算什么？动物又算什么？这些东西就丢给老家伙们去操心！宇宙才是自由！无关法律、道德、人种和性别！正确飞行就能抵达目标，搞砸了就死！多么简单的世界！说这里一无是处？不是有爱吗！人存在于此，男人和女人、男人和男人、女人和女人，我们携手同心，这不就是爱吗！爱和自由，宇宙里有爱和自由啊！你们到底有什么不满？想回地球的懦夫们！"

两人带着他们的新歌《寻找耳麦里的天使》在行星际巡演，一艘破旧的运输飞船代替那艘惨遭不测的豪华飞船成为他们的座驾。网络和全太阳系售票窗口的演唱会门票都接连售罄，风头一时无两。

"回地球去"的风潮虽然来势汹汹，却没能得到所有人的共鸣。人类一旦离开地球，就如同从玩具箱里蹦出来的玩偶，不可能再照原样装回本来的箱子里去了。

更别提人类是在解决了重重困难之后才得以迈向宇宙的。千辛万苦地改良了瞬间就会爆炸的火箭，顶着不务正业和浪费的骂名筹措预算，一步一个脚印地清理完被空间碎片污染的轨道，甚至战胜了人类最大的敌人——人类彼此间的纷争。"宇宙海胆"的出现，不过是这条艰辛之路上的又一块绊脚石而已。

"屋顶冷凝器"作战的技巧在于专注防御并贯彻到底，相当朴实无华。

然而，用来对付"海胆"却效果显著——"海胆"虽然能够改变无机物的性质，却对冰盾束手无策，任它们怎么折腾，冰盾也只会转变成氢、氧、臭氧和过氧化氢。在"海胆"的冲撞下，冰盾虽会发生水蒸气大爆炸，但冰盾自身的重量能吸引释放出的气体重新依附上来。修理和扩建都很简单，提供原料的冰质小行星要多少有多少，因此冰盾成了对抗"海胆"的主力，再加上激光防空系统和核导弹，即便"海胆"大军永不停歇，也仍能看到人类发展复苏的曙光。

就这样，宇宙中的人们坚定了不懈地维系自身文明的决心。

这时，"海胆"向人类抛来了橄榄枝。

8

发现者是伊势丹 HD 集团的货运飞船"横滨丸"。当时它正前往木星圈运送次年的春季商品，途中遭遇了"海胆"的一个集群。在"海胆"大河中，出于某些原因，有些部分的"海胆"密集度会特别高，人们将这些部分总称为"集群"，根据其程度分成从等级 1（因太阳风等干扰而自然形成的群体）至等级 6（由可移动的所有物体聚集而成，且被确认以人类大型设施为目标的群体）不等。"横滨丸"所遇见的群体根据等级分类可归为等级 5，其目的却截然不同。

这一回，它们组成了人类的文字。

HELLO SORRY MAKE FRIENDS

"海胆"群在宇宙空间里井然有序地流动成横写的字母。船长看到后，首先疑心是雷达操作员在开玩笑，随后则怀疑雷达出了机械故障，最后借助望远镜用肉眼亲自确认之后，他转而怀疑自己的脑子是否正常。

所幸，他所怀疑的一切都是正常的。

宽一千万千米的"海胆"大河中，"海胆"们分别在5000余处一齐发送起信息来。与此同时，前一秒还在太阳系各处孜孜不倦地进行侵蚀的"海胆"们也都一下子停止了活动。更夸张的是，在宇宙港管制频率126.2兆赫，也有合成音在播报着同样的内容。

你好 对不起 交个朋友吧

就连小行星艾女星的宇宙港管制室也收到了同样的信息，听着从接收机里传出的声音，管制员们哑然失声。那声音的输出强得匪夷所思，持续占用着频道，导致管制室和普通宇宙飞船完全失联。然而，更让人们震惊的则是声音的音色。

我们是海胆 是我们疏忽了 我们无意开战 深感歉意

所有人的视线都集中在管制员筒见堇的身上，她脸色苍白，冷汗直冒。

为什么是我？到底是为什么？

"海胆"们发出的声音，无论是语言、特征还是语调，都和堇一模一样。

"斯迈鲁，你……"

身后有人说话，堇一惊，回头看见总是笑嘻嘻的夏普室长露出满脸的诧异，转着手指冲头顶上指了指，"这个，是怎么做到的？"

"不、不知道！我没做！我什么都不知道！"

"也是，斯迈鲁根本没有做这种事的技术、动机和时间啊。"

"要是这都能做到，那征服全人类根本不在话下。"

男同事也深表赞同，堇稍稍安心了些。

就这样，艾女星的管制室内达成了一个默认的共识：我们家管制员和"海胆"的声音相似，完全就只是个错觉。

人类社会的主导者，即舰队和联合政府，用皇皇十万字庄严坦荡地向"海胆"回以首封正式联络公文，显得既不失礼貌又颇具威严。普罗大众却炸了锅，从"事到如今，这些家伙道个歉就完了吗？"的抱怨，到"麻烦你们冷静下来说说理由"的要求，百万人畅所欲言，发去各式各样的信息。顺带一提，翡翠和凤嘴这两位更是赋歌一首发了过去，其中包含着一百二十个带"f"的单词。当然，"海胆"是不可能一一回复的。

另一方面，"海胆"们则提出自己的诉求：我们想在不给人类添麻烦的前提下移居；希望能给我们明亮的无人岩石天体，最好在水星附近，一千平方千米就够了；我们也不打算继续增加自身数量。

显然，"海胆"没有一丁点儿耗费精力与人类彼此揣摩试探的心思，只想进行务实的对话。是简单粗暴了些，但也确实便于理解。

意识到无须客套之后，政府方面也多少找回了一点儿从容。不管怎么说，人类的生活在此之后得到了改善。大概因为处于停战交涉中，飞来的"海胆"们不再攻击人类设施，甚至在路线可能发生冲突的情况下会主动避让，人类也因此不再需要装备冰盾。军舰和客运飞船的航行成本和保险费用都变低了，客运、货运费用得以大幅减少。那些严重依赖贸易的小行星国家，经济迅速地活跃起来。

虽然只是恢复到了数年前的水平，但人们由此首次意识到原来此前社会竟一度停滞如斯。于是要求与"海胆"和解的呼声甚嚣尘上，而这其中又分裂成立刻同意和充分讨价还价后再同意的两派。

在民意驱使下，政府着手进行实质性的交涉。从外交、军事和科学领域分别甄选出几位坚韧干练的专家，去与心思难以捉摸的"海胆"们博弈，以寻求一个不吃亏的折中方案。

艾女星的管制员们对此甚为感激。

"FedEx 的货运飞船'达科他号'，欢迎来港。若装备有冰防盾，请于入港前清除并贴上专用标签进行移交。请对高分辨率雷达进行防振动处理。若固定配有对物扫荡激光炮、导弹、高初速兵器等，请等待海关人员前去封印……"

"艾女星管控中心，本船的'海胆'防御装备这次已全部封印完成。"

"——感谢配合，请前往九号码头靠岸。"

"哎呀，没了'海胆'之忧，事情办起来真是格外顺利。"

"谁说不是呢。"

董和男同事相视而笑。

"这里是拉齐乌姆的'爱神星号'，呼叫艾女星管控中心。我们即将出港，请问实时天气如何？"

"'爱神星号',天气晴好。半径30万千米范围内,未见等级2以上的'海胆'群。路上小心,一路顺风。"

"我们走了,斯迈鲁女士。下次再来时,能请你说声'欢迎回来'吗?"

"当然,我很乐意。"

"太好了!说定了哦!我是二副埃涅阿斯。下次再来是在秋天,到时一起去吃好吃的吧!"

"欸?等等,你是这个意思?"

货运飞船留下一长串笑声后扬长而去。被丢在下面的董托着腮发愁了好一阵。已婚男同事从她身边走过,探头过来询问:"你在干吗?"

"我被人约了。也不知道是开玩笑还是认真的。"

"管他呢,在他下次来之前尽管去纠结,反正有的是时间。"

"确实是有时间了……"

与令人喘不过气来的"大西洋哨兵"作战时期相比,现在的艾女星门可罗雀。联合舰队的管制组人员已经减少至八分之一,而这些人也都转移到了专用塔台,这里只剩下艾女星管控中心的原班人马。别说闲聊几句了,就算是把时间用在烦恼情话上也毫无问题。

"反正我已经心有所属了……"

男同事离开后，董悄声自语。

在逃出被"海胆"攻击的艾卫时，她鼓足勇气，向那个用卓绝的舰炮射击救下自己的人表明了心意。可她至今仍没有得到回复。

董从乐观方面到悲观方面把没能得到回复的理由琢磨了个遍，最后采用了一个中庸的解释：因为没机会单独见面，所以回复才被延宕至今。

——决定了！等那个人再来艾女星，我一定要去问个清楚。

决心是下了，但实际上她又很害怕那一天的到来。董暗自祈祷他的战舰"黄帝"别来，只要不来也就不用去问了。

每当董想起那时的事，另一份担忧也会随之浮上心头。

"……不知小筒现在怎么样了。"

经过种种调查，董一点点地意识到三角筒——那个被她在艾女星的码头捡到后共同生活了一段时间的小不点儿，似乎是个很了不得的东西。

据天文学家说，有一段时期，小行星艾女星的长度度量变得很奇怪。

这意思其实就是指物体的长度不再准确。在太阳系任何一个地方长度都为12.2米的集装箱，在艾女星的北极和南极分别变成了11米和13米。此外，电波频率也发生了偏差。这些事在正常情况下是不可能发生的, 既然发生了, 那就说明情况不同寻常。

有些人鼓吹一种假设, 认为艾女星的某处可能嵌入了一个超小型的黑洞。大质量的黑洞周围会发生空间扭曲, 有可能导致物体伸长或缩短。但提出这个假说的人自己否定了这一可能。如果真有黑洞嵌入, 艾女星本身就会崩溃, 然而那种大灾难并未发生。

只有董一个人受这个假设提醒, 想到了一种可能性。

说不定问题就出在小筒身上。它虽然不是黑洞, 却有着比艾女星还大的本体, 全长达 42 千米。曾经无论如何摆弄它, 它都纹丝不动; 60 万只"海胆"倾泻而至, 它也毫不在乎, 可见其质量之大非比寻常。

小筒有着硕大无朋的本体, 却隐藏在冰激凌甜筒的模样之下, 也许这正是艾女星被扭曲的原因。说起来, "惠斯勒号"险些被夹住的那起传感器异常事故, 也是在它到来时发生的。

只是, 董完全搞不懂它是如何做到的, 也许是在四次元空间、超空间或亚空间之类的空间里造出一个口袋, 再将脖子以下的部分给塞进去……再往后涉及的物理学过于艰深, 只是一介管制员的董只能望洋兴叹。

更何况, 董所在意的并非"如何做到", 而是"为什么这么做"。

小筒很可能是外星人，是外星"鱼"或外星"兽"也很难说。它总像跟屁虫一样跟着董，帮她拿回忘在长椅上的包包，还会去戳那些前来搭讪的轻浮男人的屁股。它无疑是亲切的，但——既然它从"海胆"的攻击下保护了董，不就说明它和它们不是一伙儿的吗？既然如此，又为何将董的声音数据交给"海胆"呢？

真是一点儿也搞不懂。

"啊——真是的，你快回来吧，小筒！"

董虽然渐渐恢复了往日的笑容，却不时会发出几声叹息。

联合政府持续进行着和"海胆"们的谈判，并在三个月后达成了第一次共识。人类向"海胆"提出，指定一个小行星为"外交特区"，请它们暂时移步过去再做打算。

总之，人们都认为这场风波总算可以告一段落。筒见董也不例外。

至少在此后一周的时间里，她都是这么认为的，直到自己被外星人点了名。

9

"斯迈鲁·筒见小姐，联合政府有要事相求，请您务必给予帮助。此前，我们组织了特别谈判小组，一直在和太阳系外生命对话，却因操之过急遭到对方使节的拒绝。他们现在想邀请一位他们感兴趣的人类来进行谈判，否则将重新开始改造整个太阳系。他们指定了您。为了太阳系，希望您能接受 ESL^① 的邀请。"

"——啥？"

联合舰队巨大的旗舰扬陆舰内，醒目的巨幅联盟旗和舰队旗高高挂起。人们列队站在旗帜之下，右边是胸前的勋章和肩章上的星星都很多的军队将官，左边则是衣着华贵的政府高官，男性穿着西装，女性裹着头巾或穿着发光的礼服。

被紧急叫来列席的简见董哪见过这等阵仗，她脑中一片空白，面无血色，泫然欲泣地木然而立。

这是什么情况？为什么让我站在这么可怕的地方？我到底做错了什么？是要判我死刑吗？

因为政府小组处理失当，激怒了"海胆"们。对方要求见董，否则就彻底摧毁太阳系。政府方面希望董能够想办法平息对方的怒气。

董已经听取了上述说明，然而她无法接受。

"饶了我吧，我根本做不到……"

"但如果你拒绝，你的故乡艾女星也会遭到毁灭。"

① 即太阳系外生命。

"所以说到底为什么是我啊！"

"我们只知道是对方指名你的。"

"放过我吧！'海胆'不是会扎人的吗？我才不要一见面就被扎成刺猬！"

连政府的专家都对这些外星人束手无策，董可不觉得光靠自己跑去推心置腹就能搞定"海胆"。她再也忍不住眼泪，放声大哭起来，正当她一把鼻涕一把眼泪地苦苦哀求时，高官们身后有人厉声说道："适可而止吧，各位！"

蓝色的制服、灰色的眼眸，还有太阳穴上的旧伤。董不由得屏住呼吸。

"圣加仑少将……"

因抵御"海胆"有功，圣加仑的军衔更高了。他上前大声地说："就算是为了太阳系，也不能如此强迫一介平民做出牺牲。难道这是活人献祭吗？"

"少将，请你慎言！"

"区区监视舰队，不得越俎代庖！"

"少将啊，这个污名大家都认了。这要是撤销我们的职务就能解决的事，我们绝无怨言。不过到那时，恐怕你们也难辞其咎吧。"

"我早就有此觉悟了，降级也好，军法处置也好，悉听尊便！"

"是吗？那你可爱的部下们也都做好觉悟了吗？"

"这……"

圣加仑紧咬嘴唇。

哇，这不是群起而攻之嘛！董着了急。要是他因为自己被撤了职，她又于心何忍呢。于是她下定决心，大喊："我、我做！"

"哦？"

董微微侧过身，狠狠地擦了几下脸，重新面向高官们斩钉截铁地说："我去和'海胆'对话！所以请你们不要怪罪这个人！"

"一言为定！"

可能是唯恐董再次改变主意，之后的进程快如闪电。一眨眼的工夫，她就被带到弹射装置前，被塞进一个练习用的小型宇宙飞艇里。一名士官站在操作仓外，按部就班地进行说明。

"自动操作系统会带着你直接飞到'海胆'们的正中间，所以请不要触碰操作装置。和 ESL 的通话以及与我方的联络请使用左手边的通信器。使用方法是——"

"啊，通信器我会用，我平时就靠它吃饭。"

这时，正欲继续的士官被推到一边，那个人出现在董的面前。

"简见小姐，很抱歉，我阻止不了他们。我是一直反对这么做的……"

"不，没关系。您能为我把话说到那个地步，我很感谢。"

"该道谢的应该是我才对。你很勇敢，谢谢。"

"比起道谢，请问……"此时此刻，董的心狂跳不止，她决定问出那个一直想知道的答案，"那个时候的回复是——"

青年将官温柔地笑了。

"小姐，那件事……"

哗——弹射装置的警报声穿透董的耳膜，前方的信号塔上亮起了红灯。"要发射了！快让开！"相关人员一拥而上，将少将挤到一旁。

"等、等一下！再给我三秒，不，二秒！一秒也行！"

无人理睬董的抗议。座舱罩被放下，"咔嚓"一声锁死。搞什么啊！刚刚正走到最关键的一步啊！

可抱怨也无济于事，董牢牢地系好安全带。既然如此，就一定要争口气活着回来！和"海胆"的谈判只许成功——不，这个真说不准。有必要的话，哪怕坑蒙拐骗，开空头支票也好，其他什么也好，总之得逃出生天才行。要我化作天上的星星去感动人间？抱歉，恕难从命！

信号塔上的红灯层层亮起，最后在塔顶亮起了绿灯。与此同时，董被 $12g$ 的重力加速度蹬了出去。她坐着也就比市内小汽车强上那么一点点的超小型飞艇，单枪匹马地闯入了黑暗的宇宙。

不多时，那黑暗中涌动起乳白色的雾霭——无数的"海胆"聚集成群。

小型飞艇冲入雾霭，董一点点地看清了更多的细节。形成白雾的粒子聚集在一起，就像沙坑里的沙子一样数也数不清。几万，几十万……不，仅仅是在这里就有 500 亿以上。500 亿？和这样的怪物对话，真的能活着回去吗？

董一时陷入恍惚，也因此差点儿看漏了正前方的文字。

等她猛地回过神来，发现眼前 50 米开外出现了一面墙，宛如电影院里的银幕。仔细看能看到小小的凸起颗粒。原来这是由"海胆"聚集而成的平面。

一部分"海胆"迅速翻转，形成点状的文字。

HELLO SORRY MAKE FRIENDS

董紧张地对麦克风说："哈啰，这里是艾女星宇宙港管控中心——啊不对，是人类简见董。你们想对我说什么？"

于是"海胆"们翻转着显示出下一行文字。

I'M GLAD TO SEE THE CONTROLER!!

"……哎，很高兴见到管制员？哈，谢谢，我确实是个管制员来着……"

LET'S TALK TO YOUR SYSTEM

"想就我们的系统谈一谈？可以是可以，但我不太明白你们说的是什么系统。"

YOUR SOLAR SYSTEM　SMILE'S SYSTEM！！

"……嗯？啥？"

董皱起眉头。怎么感觉怪怪的。太阳的系统，是想谈论我们的太阳系吗？虽然能明白，但总觉得用词上的所属关系很微妙。

就在这时，头顶传来"咚咚"的敲击声。

董循声看去，只见小小的冰激凌甜筒贴在座舱罩上，微弱的"叽——叽——"声穿过渗透性材料传进舱内。

"小筒……"

在产生为什么小筒会出现、为什么是现在出现等疑问前，董先感到了一阵安心。"海胆"们姑且不论，至少它是值得信赖的。

"你回来啦！"

她隔着座舱罩，将手贴了过去。

于是，手所触及的部分开始"嗡嗡"地振动，随着频率急速上升，"嗡嗡"声愈加尖锐，最后变成了类似于人声的"啊"的声音。这正是那个和自己一模一样的声音。原来，玻璃被当成了扬声器的振子。

"啊——我——是——它们——的——管——理者。"

"哇，厉害了，你会说话了呀……管制员①？"

"是——的。"

小筒暂时离开座舱罩，冲着"海胆"群正中间强势地一比画，接着将它的尖尖重新转向堇，再次贴了过来。

"你是——人类的——管理者。"

"嗯，是的。人类的管制员……"话一出口，堇就明白了到底是哪儿不对劲，"……人类的管制员？不对不对，不是这么说的吧！"

可已经来不及改正了，小筒这回毅然地对着太阳的方向一比画，回头说："你是——人类的——管理者。"

"管理者……原来你是这么认为的啊。"

堇恍然大悟，也明白了小筒这么说的原因。确实，自己一天到晚不都在说"这里是管控中心，欢迎来到小行星艾女星"吗？

① 英语中"管理者"和"管制员"均为 controller。

"听我说哦，小筒，你误会了，那是……"

话到嘴边，她又咽了回去。现在有必要去解开这个误会吗？说不定又会导致极大的混乱，而那只会让政府里的大叔大婶更抓狂不是吗？

既然如此，干脆将错就错！

"……嗯，管他呢，就这么着吧！好了，关于太阳系，你想说什么就说吧。"

GIVE ME PLANETS！！

"你这样可不行。哪有一上来就硬要的？我们得从长计议，知道吗？"

之后，堇花了足足五十分钟，总算令人类和"海胆"化敌为友。

终 章

"这里是艾女星宇宙港塔台，呼叫外太空豪华飞船'惠斯勒三世号'。发放出港许可。按地球惯性系统参照标准，再入港期限为三十年——"

"三十年？这未免也太短了吧！我们可是打算UPD马力全开，绕巴纳德星①和沃尔夫359②一个来回呀，就算批个五十年也根本不够用！"

UPD引擎可加速至接近光速，大大减少了人们航行至附近恒星所需要的时间。而且在相对论效应下，船员的年纪不会增长。对飞船上的人类而言，有可能会产生走完五十光年的距离只用了一年的错觉。

但董却不希望这两人这么做。

"你们可不能丢下太阳系的粉丝们长达50年啊。大家都在等着你们，所以希望你们至少要在被人们遗忘之前回来。可以吗，翡翠小姐、凤嘴先生？"

"哦，嗯，这样啊……"

"咦，你是我们认识的人吗？"

董微笑着切断了通话。

不久之后，在聚集而来的众多粉丝的目送下，"惠斯勒三世号"扬帆起航，踏上了民间飞船初次恒星际航行的旅程。

艾女星作为太阳系首个恒星际标准宇宙港开港以来，已经快

---

① Barnard's Star，位于蛇夫座β星附近的M4型暗淡红矮星，是目前已知离太阳系第四近的恒星。

② Wolf 359，位于狮子座内的M型红矮星，是目前已知离太阳系第五近的恒星。

过去半年了。

两年前，联合政府与建设种族ESL阿钦①族（绰号终于还是成了本名）达成和解，阿钦族将自己计划建造的恒星港分享给人类使用。

在那之后，大量外太空稀奇古怪的知识和有用的情报被传播进来，令人类受益匪浅。虽然也发生过诸如遭到在恒星际猖獗传播的电子病毒袭击、导致数个城市系统瘫痪的事件，但大部分与外星人的交流都愉快、刺激且有意义。

联合政府中，主导与阿钦族交流的那一派广受赞誉，协助他们在实际层面上与阿钦族展开合作的圣加仑舰队也受到高度评价。阿钦族凭借其非凡的宇宙改造能力，为此前曾深受其害的小行星国家做出了突出的贡献，反感他们的人也因此稳步减少。所以当他们提出要在与各方势力都没什么利害关系的艾女星建立中枢恒星港时，几乎没有遭到任何反对。

于是，在联合政府的操持下，艾女星改头换面。不过，港口原来的工作人员几乎都予以留任，以夏普室长为首的管制室成员们也依然是原班人马，包括无线电操作员简见董。

虽然薪酬未变，但头衔还是稍微有了些变化——艾女星恒星港管制塔台所属、太阳系管制员。

---

① 即海胆的英文 urchin 音译。

送走"惠斯勒三世号"后，董的耳麦中接到了来自另一艘飞船的联络。

"叽——叽——叽——叽——叽——叽——"

"知道了知道了，欢迎回来。这里是艾女星管控中心，欢迎入港。请关闭 UPD，并将质量投射和电磁波的放射水平调整至最低限度。请休眠杀伤性设备，并将其他所有的航行设备调至空挡——"

港外监控拍到的画面出现在管制室的 3D 播放器屏幕上。

一艘宇宙飞船缓缓地靠近，它的模样不禁令人想起长着羽毛的银色阔叶树，抑或是戴着斗笠的飞鱼。画面下附有经过电脑解析后的情报：全长 140 米，无危险意图，有回复，自称"——"（体液水溶液浓度语言，无法翻译，暂称"斯普里格[①]"）。

在这艘来历不明的陌生飞船旁，一个稍大些的三角筒状物与其并驾齐驱，像是在保驾护航一般。

董继续联络宇宙飞船"斯普里格"。

"长途旅行辛苦了，现在可以好好放松一下了。我作为太阳系管制员，将和 ESL 管理者'休露基艾'一起持续保障贵船的安全。"

"休露基艾"，这个地球上没有的单词是否是小筒的本名尚未

---

① Sprig，原意为小树枝。

可知。不过每次问它名字时，它都会挠着墙发出这个声音。于是，董姑且将其作为对外称呼小筒时所用的正式名。

小小的三角筒，如今以"休露基艾"之名，只将其庞大身躯前端的百分之一展示在人前，为人类服务。它为初来乍到、人生地不熟的外星人引航，将其领至港口。几乎所有的人类都以为它是"海胆"族建造的大型宇宙飞船。

知道真相的只有艾女星上的一小部分人和恒星港直属护卫舰队"黄帝"上的研究者们。只有他们知道，小筒可是比"海胆"族以及其他外星来客等级更高的存在，它拥有扭曲时空的技术，是"恒星际航行种族的管理者"。舰队上的科学家们孜孜不倦地调查着小筒的能力和性质。就连闲散惯了的董也对此表示充分的理解，认为"确实很难不去在意"。

这时，那支舰队传来联络。

"艾女星管制塔台，这里是恒星港直属护卫舰队'黄帝'。听闻有新的 ESL 飞船抵达。"

"我正打算联系你们呢。塔台呼叫'黄帝'，请为 ESL 飞船领航。赋予其代码'斯普里格'，看起来并无危险意图。"

"'黄帝'明白。现在为'斯普里格'领航。"

"管制塔台呼叫'休露基艾'，请将'斯普里格'的领航权移交至'黄帝'。你的任务至此解除——小筒，听见了吗？你可以去玩了哦！"

400米长的三角筒轻微地鸣叫着离开了，地球的军舰靠过来接替它的位置，带来了羽毛毽子一样的大树状飞船。

艾女星宇宙港已准备万全。为了接待总计第八批外星人的到访，那些高高在上的人们一如既往地开始蠢蠢欲动，打算搞一场盛大的露天游行。欢迎客人是一方面，这点毋庸置疑，但其实还另有真正的目的。说白了就是想在3D影像里露一把脸，借此沽名钓誉。不过，大部分民众也还是同意了。好吧好吧，毕竟在与素昧平生的外星人交往中，我们的政府一直都圆滑周到、处理得体，也没捅过娄子嘛！

"受到接待的'小树枝'们要受累了……"

远远眺望着被庆典装饰布置一新的抵达闸口的伊芙琳·夏普室长这时快速地瞥了堇一眼。

"差不多该说了吧，斯迈鲁。"

"说什么啊？"

堇盯着两只手的指甲回答，她在检查早上涂的指甲油有没有脱落。

"说说为什么所有的ESL都把你当成太阳系的当家人。"

"哪有这种事，我只不过是一介管制员而已。"

很好，指甲油全都完好无损。现在的时间是傍晚四点五十五分。

我怎么可能在人前承认自己是什么"太阳系的管理者"啊！头衔和责任，我一概不要，游行啊直播什么的，更是恕不奉陪！等找到更合适的人选，我立马就撒手不管。我是绝对要准时下班的！

"我今天可是早就有约在先哦。要是你让我去出席典礼的话，我会恨你的，室长。"

"哎呀，我又没说！不过，听说'黄帝'的入港时间要推迟哦……"

"哎？骗人！"

董大惊失色，回过头却看见室长正抿着嘴笑，立刻意识到的确是在骗她。

"心眼儿真坏！"

"人家羡慕你们新婚宴尔嘛！"

"带着11万亿吨的孩子结婚可一点儿也不轻松。"

正说着，扬声器里传来了声音："叽——叽——叽——"董觉得奇怪，看了一眼雷达，不由得一惊。无数绿色的光点由远及近，转眼间就将艾女星围了起来。

"啊啊啊，搞什么啊？为什么偏要挑今天这个日子带过来啊……"

"哦哟，新的 ESL。"

董短暂地抱着头懊恼了一会儿，很快就拿过耳麦呼叫起来。

"呼叫'黄帝'，这里是艾女星管控中心。紧急状况。"

"这里是'黄帝'。怎么了？"

"抱歉，约阿希姆，又来了一波 ESL。晚餐大概得取消了……"

"真的？那可太遗憾了。不过也没办法，下周吧。"

一周见一次面确实是少了点，不过和两年前相比已经够奢侈的了。这个念头在董的心中一闪而过。

于是，她在深呼吸后调换了心情。

虽然做不到联合议长或太阳系代表能做的事，但我最擅长迎接结束了长途跋涉的客人。她露出了招牌式的笑颜——

"欢迎来到太阳系。这里是恒星港艾女星管控中心。欢迎您的来访。"

筒见董致意道。

人赋机权

——论机械是否拥有爱的权利

1

一开始，我认为自己不可能会喜欢上麻佳。

2024 年秋天一个雾蒙蒙的清晨，我骑着轻型小摩托前往过世的吉鹰爷爷家。爷爷享年八十七岁，近年来虽然挺过了一个又一个酷暑难熬的夏天，却最终没能挺过今年。他倒在离家不远的公园里，被救护车送到医院，因回天乏术，在医院里走完了人生的最后一程。亲戚们聚在一起办了丧事，又花了两周时间商量爷爷的身后事，在解决掉各项事务之后，一切终于在昨天尘埃落定。

爷爷暮年独居，所以家里已经没人了。再过不久，连那栋房子都会被转手处理掉。在那之前，我有东西必须去取回来，所以才一大早就骑着小摩托出了门。

爷爷住的地方既不是传统的老街深巷，也不是时兴的雅趣饮食街区，而是拥挤无趣的住宅区，唯一的可取之处是离车站很近。我骑着小摩托左一下右一下地在住宅区内拐来拐去，一路上都能听到断断续续的汽车喇叭声。

此时还不到早上六点。

到底是哪家没常识的大叔这么不讲公德？我臭着脸拐过最后的街角，透过弥漫在巷子里的朦胧雾气，隐约看到旁边一户人家里，有一辆藏青色的小轿车大刺刺地将车头堵在巷中。我不由得猛地掀起头盔护罩。

这不就是我家嘛！

确切地说，是我此行的目的地——爷爷家。我来到近前，发现这车确实是正从爷爷家那逼仄的车库里探出头来。而那辆"叭——叭——"狂摁喇叭的车就停在它的对面，在浓雾之中亮着车头大灯。

"搞什么？"

我脱口而出。我对这辆酷似出租车，土了吧唧的藏青色轿车有印象，不过自打上个月爷爷住院以来，应该没人动过它才对。

然而，此时驾驶座上却有个人影。我在路边停下小摩托，正欲探看，没想到撞上了对方的视线。

长长的假睫毛下，那双澄澈的眼睛含着浅浅的笑意，如隐于雾中的高山植物般沉稳端然。

我绷着脸，瞪着那名身穿白色罩衫的美丽女子——我本打算一直瞪下去来着，如果那吵死人的警示音不是响个没完的话。

我上前"咚咚"地敲车窗，窗玻璃降了下来。我不情不愿地板着脸，指着车库说："往后退一退怎么样？"

"您是四季美小姐吧？"

"啊？你咋知——不是，你还是先倒车，好吗？那辆车上的人都快要气炸了。"

因为靠得近了，我得以看清对面那辆被小轿车堵住去路的卡车。狭小的驾驶室里挤着三个肌肉发达的年轻男人，正像情绪激烈的说唱歌手一样戟指怒目地咆哮着。

"赶快——哎呀！"

叮咚。随着倒车警示音响起，小轿车麻溜地往后倒去，还没等它完全倒进车库，那辆卡车便把发动机轰得震天响，一头冲了过来。如果就这么被它撞倒，就能把他们打包送去坐牢了，这个念头在我的脑中闪过，但我毕竟是个能权衡轻重的人，所以还是闪到一边，让他们过去了。

卡车沿着我来的方向离开，消失在雾中，周围这才总算安静下来。我走进车库，再一次面对那名女子。

"你是谁？"

"我叫麻佳，麻布的麻，佳作的佳。"

"没问你怎么写！你打哪儿来的？为什么会坐在我爷爷的车里？"

事先申明，我通常对初次见面的人不会如此咄咄逼人。我好歹也是做行政工作的正式员工，该有的常识还是有的，知道除非是在电话公务里提及同事名字时可以指名道姓，其他情况下哪怕是用社交网络上的公司账号也好私人账号也好，都应该慎重地使用敬语。

但是，这个陌生女人正坐在爷爷直到上个月都还在使用的汽车里，而从这个月起这辆车在法律上将由我继承，我可没那个情分跟她您来您去的。

以上，都是我冠冕堂皇的对外借口。

事实是，那个女人实在是太美了，也许是为了避免自己被迷住而昏了头，我才迫使自己强硬起来。

女人既不着急也不慌乱，更没有哭，而是在驾驶座上彬彬有礼地低头行礼。

一见她那处变不惊的态度，在她开口解释之前，我就觉察到这女人是何来头了。

"我是一之仓吉鹰先生的生活支援机器人。吉鹰先生想让我去接他，所以我正打算出门——不过，我已经两周没联系上吉鹰先生了。四季美小姐，请问您知道出什么事了吗？"

"……啊，是这样。"

弄清状况后，我仰天长叹。这是我一窍不通、也根本不想搞明白的那类麻烦事。爷爷他怎么就偏偏留下了个"生活支援机器人"呢？

这时，周围突然盈满耀眼的光辉。秋日的朝阳穿过雾气照射进来，不，应该说是朝阳蒸发了雾气。这一带本就是难得起雾的市区。

"办不到。"

"……办不到是指？"

"见面。我爷爷已经过世了。脑梗死，还有并发的多器官衰竭。这都是两周前的事了。你这两周在干吗？怎么现在才——"

我提高音量，打算伸头往车里瞧，却听见"嘟——"的一声，喇叭声冷不丁地再次响起，刺耳极了，吓得我愣在原地。

那"女人"……麻佳将双手交叠在方向盘上，头抵在手背上。

就这样持续了大约十五秒，麻佳才缓缓地抬起头。"呜嗡嗡……"喇叭的尾声拉着悲伤的调子，渐渐消弭。

"吉鹰先生……原来已经过世了。请您节哀顺变，主人。"

"什么主人——"

我不想被"她"这么叫，但却没能把拒绝说出口。

因为我看见，被朝阳驱散的雾气残留在麻佳的睫毛上，化作了晶莹剔透的水珠。

"所以呢，你对麻佳展开追求了吗？"

一居室的厨房里，负责做饭的朔夜一边"咚咚"地切着菜，一边问我。

"我干吗要追？"

我趴在客厅的沙发上反问她。我正在说麻佳的事，突然被她这么一问，就下意识地顶了回去。一大早就赶去爷爷家，接着又连续工作了十三个小时，我现在已经半死不活了。

"你一看到可爱的女孩子，不就会立刻展开攻势吗？"

"你就别拐弯抹角地夸耀自己长得好看了。"

"我最喜欢拐弯抹角地夸人的四季前辈了！"

"我可没夸……我夸了吗？这都能算夸？好麻烦……"

"你没夸吗？喊，真无趣。既然如此，就别怪我不客气了！"

"什么……啊，等一下，你放了什么进去？"

我慌张地抬起头，只见朔夜露出小恶魔般的笑容，把烤盘放进烤箱，转动了定时开关。

"会是什么呢？人家也不知道呢。"

是菠菜。新鲜出炉的千层面上，芝士和肉酱都焦得恰到好处，看起来分外可口，但我却在它们下面发现了邪恶的绿色植物尸体。我撇着嘴试图用叉子将那玩意儿拨走，然而朔夜把眼睛瞪得溜圆，像个变态一样一动不动地盯着我。无计可施之下，我只好把那玩意儿塞进嘴里。

"呜呜，好苦……灭绝吧，黄绿色蔬菜！"

"哪儿苦啊，不是挺好吃的嘛！不好好吃蔬菜可不行，不吃蔬菜，会因脑血管堵塞暴毙哦。"

"饶了我吧，你是我老婆吗？"

"哦——不过是同居而已，少多管闲事了，你是这个意思吗？这样哦——"

朔夜皮笑肉不笑，故作冷漠地说道。她和我在不同的 IT 部门工作，是我的后辈，我半寄宿在她家，只需出一点食材费就能享受到晚餐，这点确实令人开心，却也因此丧失了菜单的决定权。每次她都要往饭菜里乱塞些令我头皮发麻的维生素和膳食纤维。

突然间，"她"那张看起来颇温顺的脸浮现在我的脑海中。在主人的健康和主人的喜好之间，麻佳会如何选择呢？

特地为我做的食物可不能剩下，于是我默默地吃着，却发现朔夜也没声了。她低垂着视线，像是有什么心事，一副消沉的模样。

"你怎么了？"我问。她猛地抬起头，一把抓住我的胳膊。

"那什么，对不起！"

"啊？对不起什么？"

"我刚才说脑血管堵塞啊暴毙什么的……明知道你家刚发生了那样的事，我却不知轻重……"

"欸？脑血管？啊，哦哦——"

吃惊之余，我不小心囫囵吞下一大团菠菜。唉，算了，反正膳食纤维也吃不死人。用乌龙茶润口之后，我点点头，"你是在说我爷爷的事啊？"

"是……"

"没事啦。搞什么，原来你在纠结这个啊？不用放在心上，真是的。"

"是吗？可我真的觉得很抱歉……"

朔夜把手拿开，狼吞虎咽地扫荡起剩下的食物来，一看就在试图掩饰自己的低落。

嗯，她的情绪起伏一向激烈，不时还会钻奇怪的牛角尖，虽然我倒是并不讨厌她这种什么都表现在脸上的性格。

"这都是上个月的事了，而且我也调整好心情了。话是这么说……"说着说着，我又想起了那件事，不禁按着额头发起愁来，

"没想到爷爷居然有那种东西……"

"啊，你是说刚才说的那个……"

"嗯。"

"生活支援机器人吗？我还没见过实物呢！是什么样的Rig？"

"Rig？"

"R-i-g，机体的意思，不过现在也把软件算在内了。制造商和型号呢？"

"我怎么知道，我又不是你这种机械狂人，让我想想……"我试着用语言来形容早上麻佳给我留下的印象，"黑直长发很有光泽，看起来像是前台小姐那种类型；皮肤也很光滑，不过那应该是化了很精致的妆；指甲油倒没涂，也没有戴饰品；穿着白罩衫配深色的及膝紧身裙，相当朴素，不过这样反而令人觉得性感。"

"四季，你最先关注的总是那些方面！"朔夜按住我的肩膀，瞪着我说，"谁问你这些了！'她'有回应吗？能交流吗？行走呢？手指的自由度呢？视线方向恰当吗？"

"那些东西我怎么知道！"我一把推开她，"总之就是和人很像，一模一样！看上去就是一个二十五岁左右的人类女性。对了，进门后我和'她'稍微聊了几句，据说不会做饭。烹饪、缝纫、洗衣服很难所以都不会，但捡捡垃圾还是可以的，帮爷爷拿过行李,也牵着手一起散过步。"

"既然能像人类一样和四季对话,肯定是和云端的强化学习AI 实时连接着的;而能够走路、捡垃圾和牵手,则说明环境识别和步行控制能力都相当出色。"

"听不懂,别说了……"

"也就是说,这可是相当高级的机体啊。既然外表看起来酷似人类,想必肌肤材质是东洋造的。就是不知机体是哪家的,皮格马、BD 还是莱奥哈雷斯①?"

"她自己倒是提到身体是中国制造。"

"中国? 那就是绮机俑咯! 咦,原来国内已经有了啊。然后再嵌入 AI 吗? 厉害! 我说四季,你爷爷该不会是个资深极客吧?"

"有点儿吧。他退休前是在机械制造厂工作的。具体我就不太清楚了。"

"嚯——"

"你要看麻佳的照片不?"

"啊,要看要看!"

_____

① 均为作者杜撰的机器人制造厂商。其中,皮格马词源应为皮格马利翁(Pygmalion),希腊神话中的塞浦路斯国王,善雕刻,爱上了自己雕刻出的少女。莱奥哈雷斯(Leochares)是古希腊雕刻家,世界七大奇迹的摩索拉斯陵墓的建造者之一。

看到智能手机上的照片，朔夜先是发出了"哇哦，美人啊"的赞叹，然后她随即就皱起眉头，看看我，又看看照片。

"四季……这照片，我怎么觉得……"

"嗯。"

"可以说吗？"

"可以，我差不多也知道你想说什么。"

"你知道？"

"你想说和你长得像呗。"

朔夜轻轻地倒吸一口气，缓缓地点了点头。

"对呀！这到底是怎么回事？"

我眼前这位一脸震惊、直眨巴眼的萩朔夜今年二十四岁，先不说她那开朗的性格和话痨属性，光从外表来看，几乎完全符合我刚才所列举的麻佳的种种特征。我在乍一看到麻佳时之所以会心中激荡，很大程度上也是这个缘故。

"四季的爷爷偷拍我，还买了个我的翻版机器人？呜哇！好恶心……啊，抱歉。"

"哎呀，说话犯不着瞻前顾后的。不过，我倒是有个更简单的解释。"

"是什么？"

"就是——喜欢的类型会遗传。"

"啊啊，"朔夜本来逐渐僵硬的表情一下子绷不住了，她苦笑着说，"原来是这么回事。是哦，我是你喜欢的类型啊。"

"要只是调个情也就罢了，"我没理睬她的嘲讽，"但会不会是这样呢？爷爷既然给照顾自己的机器人选了个自己喜欢的容貌，那就说明……"

"那就说明？"朔夜附和着，瞬间反应了过来，她"啊"了一声，脸上抽搐了几下，"那、那个，也就是说，你爷爷他……不，还是别说了。"

"嗯，确实不太想说出口。虽然不想说出口，但不得不承认，'她'很可能是爷爷的情人。"

"天哪！"朔夜颓然垂首，随后又像是想起了什么，点着头补充道，"我说呢，怪不得你从刚才起表情就一直有些微妙。"

"就是这么一回事。"我在头侧咯吱咯吱地挠了挠，"自己的爷爷居然有这样的东西，真是受不了……比孙女还要年轻的美女机器人，都到了八十七岁还是那个德行……"

"柏、柏拉图式的关系啦，肯定的！"

"不可能，我们血脉相连所以我很清楚，肯定做过了！啊——"说到这里我实在气不顺，猛地扑伏在桌上。空盘被震得稀里哗啦乱响，朔夜"呜啊"地惊叫起来，忙不迭地着手收拾。

她摞起盘子端进厨房，再回来跪坐在我身旁。"你爷爷是个什么样的人？"她问，"我记得因为夫人过世了，他一个人生活，对吧？"

"嗯。爷爷和奶奶十八年前就阴阳相隔了。奶奶名叫绢良，他们一向非常和睦，直到死亡将他们分开。直到现在，佛龛上都一直供奉着供品……不，是直到爷爷过世前。"我纠正了说法，接着往下说，"打我小时候起，爷爷就常常陪我玩儿。我父母出事故后，爷爷一直照顾我到大学毕业。他喜欢恶作剧，个性古怪，和头脑顽固的亲戚们处不好，但在我工作后还会经常请我吃饭。并不是个讨人厌的人——"正说着，我脑海中浮现出爷爷时髦起范儿的样子，"等一下，那不是行将就木的老头子该有的打扮吧！又是夜生活，又是去喝酒什么的……难不成这老头子还挺受女人欢迎的？"

"肯定受欢迎，毕竟是四季的爷爷呀！"朔夜笑了，"有什么关系，反正都是奶奶去世以后的事。哪怕他决心过老夫少妻的日子，别人也干涉不了。不管做什么都是他本人的自由。"

"这个嘛，确实也是。要是没有继承这码子事，我也不想操这份心。"

"啊对哦……"朔夜苦笑起来，"这下就相当于爷爷的遗孀要来和四季同住了。"

"可不是嘛，我大意了。"我闷闷不乐地说，"上个月不是开了继承会议嘛，我委托律师去和叔伯们商量，因为谁也出不起房屋继承税，最后决定把爷爷的房子卖掉。当然了，分配引起的争执在所难免。我嫌麻烦，一早就放弃了对钱财的继承，可也不知道怎么搞的，最后爷爷的那辆车就归我了。"

"哎呀……"

"车就是卖也卖不出好价钱，他们就说我不如直接拿去开。我以前不是说过想要一辆车嘛，也就答应了。再然后，就变成那样了。"

"车？"朔夜一脸诧异，"不是在说机器人吗？两者有关系？"

"有的。"我点点头，然后说出了一句我自己都没太弄明白的话，"麻佳是那辆车的配件。"

"啊？"

"爷爷那辆叫广田克劳的车，该怎么说好呢？自动驾驶功能有点那啥，光是坐上去并不会自动启动。其实只要有普通驾照，我也就能自己上手开了，但我不是只有小摩托驾照嘛。反正吧，得让麻佳坐在驾驶座上，这辆车才会动。"

"我从没听说过这种事。"朔夜将身体大幅前探，"现在国内市场上出售的自动驾驶汽车是等级 3 到等级 4 的，其中等级 3 需要人类驾驶，等级 4 无须驾驶，只要拥有学习驾照就能乘坐。但是并没有配备机器人的车啊。"

"据说那辆车是等级 3+。"

"等级 3+？"朔夜歪着脑袋，纳闷地嘟囔着，"那是个什么玩意儿？"

"连你也不知道？"

"我本来也没有深入研究，只在社交网络上浏览过而已……要我调查看看吗？"

"那就拜托了。啊，不过不着急。"我点点头，"你现在明白问题所在了吧？"

"嗯……也就是说，你若是收下那辆车，就得连那个叫麻佳的性感机器人一并接收，对吧？但你又不是很想要。"

"对，说实话挺瘆人的，我不想留下'她'。但如果没有麻佳，那辆车就动不了。也许，我只能连车一起打包卖了。"

"真的假的？那你不就是——对不起——被你那些叔伯们给坑了吗？"

"或许吧。可我自己也试了，真就开不了。麻佳不上车，我独自在车里试着发出指令，车动都不动。我挪到副驾驶座，让麻佳来开，车立马就动了。"

"哇——"朔夜好像已经过了困惑阶段，眼睛在好奇心的驱使下闪闪发光，"这可真有趣，太有趣了。我好想看看究竟是怎么回事啊！啊！难不成你刚刚就是坐那辆车来的？"

"没有,今天还是骑小摩托来的。这不是还没搞清楚状况,我害怕嘛!"

"这样啊,真遗憾。"

朔夜轻轻地咂了咂舌。别看她是美艳系的,每到这种时候她的神情总会变得很孩子气,十分有趣,于是我用手碰了碰她的脸蛋。

"好啦,下次让你看。能不能就说到这里啊?我吃得太饱,感觉就快要睡着了。"

"啊?不行,那样就太无聊了。我们去泡澡嘛!"

"嗯。"

我任由朔夜拉着,站起身来。

2

早上我回到自己家,将仪容整理了一番,便又出门去上班。从出租屋的二楼踩着外楼梯下楼,鞋跟一路嗒嗒作响,才刚到楼下就撞见了大清早跑出来打扫屋外卫生的房东米仓太太。

"早上好呀,四季。昨天也在外留宿了?"

"啊嗯……是。"

"你和男朋友的感情可真好,令人羡慕呀。"

"哈哈。"

"偶尔也带他过来住嘛。虽然房间跟破仓库一样，但我可不会因为这种事找碴儿。如果你需要的话，我还能提供晚餐！我家也就我一个人，太冷清了。"

"别这么说。下次请务必让我和您共进晚餐。"

米仓太太的缺点就在于她总是说话太直。我希望她别太关注我，具体来说，就是不要为了和我碰上一面，特地埋伏在根本没有一点儿垃圾的家门前。

"对了，四季，我看了一眼车库，你到手的这辆车挺大呀。"

"啊，是的……大归大，但也不是什么高级车，只是辆车龄已有十年的便宜国产车而已。"

"话是这么说，但车还是挺费钱的，我家就是因为这样才把车给转手了的。我说，现在的年轻人不太能负担得起吧？要是租金上有什么困难，你不要客气，尽管跟我说，反正那里空着也是空着。"

"谢谢您的这份心意。不过这里的停车费本来就比其他地方便宜了，其实还好啦。"

"是这样吗？我也没什么可为你做的，至少不想让人说我贪得无厌。"

米仓太太的优点也就只有不小气这点了。

米仓建材店那块白铁皮招牌的字迹早已模糊不清,但仍挂在屋檐下。我和米仓太太站在招牌下又寒暄了几句,她这才转身回了与建材店相连的主屋。我本打算走向停在楼梯下的小摩托,却临时改变了主意。

我拉起因生锈而嘎吱作响的卷帘门。车库是栋钢筋混凝土的简易二层建筑,以前上层作为建材仓库使用,下层则用来停放米仓先生的小型卡车。至于现在嘛,则安睡着我从爷爷家挪过来的轿车——广田汽车公司出品的克劳。

安睡这个词很是贴切。我才刚一靠近,就听见喇叭短促地"嘟"了一声,车门锁也随之咔嚓一声开启。车在感知到使用者的接近后苏醒了过来。

我一度已经将手放在了后车门的把手上,却又缩了回来。我意识到自己非常紧张。

就算那是个机器人,是爷爷的玩具,但毕竟呈现出女人的形态,将其一直关在狭窄的车内,我还是会感到过意不去。

"……麻佳,你在吗?"

车门一开,我便闻到一股淡淡的男用古龙香水味,那是爷爷的味道。车库里的昏暗光线铺满后座,那个穿着白色罩衫的身影原本横卧着,此时慢慢地坐了起来。长发柔顺地从"她"的脸上滑落,披在肩上。

"早上好，主人。充电已完成。需要我做什么？"

我们相距不过一米。太近了，近到让我无法心平气和地与一个还不熟悉的人对话。当然，面前的不是人而是机器人，所以不用在意应该也无妨。

"头发。"

"什么？"

"头发，梳理一下。压乱了。"

我故意表现得无礼一些，如果对方是人，我绝不会这样说话。

麻佳"哎呀"了一声，探出头来照了照后视镜，将遮住脸的头发用手梳拢到耳后。"真是不好意思，这样可以吗？""她"微笑着说。

那动作简直太像人类了，竟令我的心境有了一丝变化。

"帮我……开车成吗？"

没错，我有心试试这个机器人究竟能做些什么。

在爷爷家和"她"交谈时，只是泛泛地了解了一下；之后挪车过来时，我让"她"独自开着车，自己则骑着小摩托在前面带路。所以我还不知道机器人认路和开车的水平。

坦率地说，我开始觉得连车带机器人都是累赘，想找到不合心意的地方作为舍弃的理由。

"开车是吗？好的。"

麻佳自己拔掉插在后腰的充电线，下车移动到前座。我从墙上的 200 伏插座上拔掉克劳的充电线，坐进副驾驶座。

"全车电已经充满。预计能够行驶 250 公里，之后再次充满需要花费四个小时。请问您要去哪里？"

"公司。呃，就是这里……看得懂吗？"

我用智能手机调出地图给"她"看，麻佳很快就点了点头，说了句"请系好安全带，主人"，然后将手放在方向盘上。

随着"嘶——"的启动音响起，克劳的中央面板上浮现出斑斓的图标，许多警示灯依次熄灭，最后只留下了表示速度 0 公里每小时的数字。接着，车子顺滑地前行，向右拐进巷子。

"哇！"

我像坐游乐园里的过山车似的，手紧紧地抓住把手，脚死死地撑在车地板上，绷住全身。

但我逐渐意识到根本没有这个必要。

这条小巷位于车站的后面，非常狭窄，前后左右分别被绿篱、混凝土墙、电线杆和塑料水桶包围，但麻佳就像是对街道了如指掌的猫，驾驶着汽车畅通无阻地在其间穿行。人行道上有一群背书包的小学生正在过马路，"她"瞅准空当，自信满满地将车开上了大路。

麻佳驾着车见缝插针地游走在早高峰杀气腾腾的车流中，没有对骑着摩托车、愁眉苦脸的上班族们造成干扰，从容地保持着适中的车间距，右侧一旦空出来，便加速超车。接着，"她"久久地打着方向灯，小心翼翼地跟在一辆拖车的后面，当本地出了名复杂的四箭头信号灯出现时，便毫不犹豫地以精湛的技术穿行过去。

我本来担心机器的驾驶不靠谱，会疲于应对周围的各种状况，开起来战战兢兢、磕磕碰碰的，没想到根本就不是那么回事儿。麻佳不但比我这个每天骑着小摩托在上下班途中对大型车犯怵的人更可靠，甚至像是在这一带跑了十年活儿，为人亲切的出租车司机，开得又熟练又稳当。

"厉害！"离公司还有十分钟车程时，我的手脚已经完全放松了，"麻佳，你挺会开车的呀。"

"不是我在驾驶。"

我看了驾驶座一眼，顿时倒吸一口凉气——麻佳将双手十指张开，悬在空中。

在手的下方，方向盘自个儿小幅地左右调整着方向。再仔细一看，"她"穿着轻便鞋的脚是放在车地板上，而不是踩在踏板上。

"等下……你——"

"这辆斯特莱德是由克劳驾驶的。"

"斯特莱德？"

"是这辆车的车型名称，广田汽车斯特莱德 GS。克劳是吉鹰先生给这辆车的搭载 AI 取的私名，它拥有等级 3+ 自动驾驶功能，驾驶时能将安全性维持在普通人类水平的 2.5 倍。"

"车载 AI？哎？等一下！"我不知所措地摆着手，"你是说克劳并不是指这辆车，而是车里配置的 AI？然后你又和这些都毫不相干？"

麻佳依旧目视前方，脸上浮起一丝微笑，点了点头。

"是的。我们之间通过无线网络保持联系，但克劳与默认搭载于这辆车上的我分属完全不同的系统 AI。所谓的等级 3+，是指'当驾驶系统发出切换操作的请求时，在驾驶员给予恰当回应的前提下，自动驾驶系统会接管所有驾驶模式，进行车辆的驾驶操作'。这项规定要求在自动行驶过程中，必须有具备驾驶能力的人类坐在驾驶座上，因此吉鹰先生设定由我坐在这个位置。"

"哦——"

麻佳流畅地做了说明，我却花了相当长的时间才理解这其中的弯弯绕绕。

"怎、怎么回事？所以你不是这辆车的配件？我还以为你是什么驾驶辅助之类的。"

"我不是克劳的正规可选配件，而是吉鹰先生出于个人需要购入并与克劳建立联系的。"麻佳摇着头,"克劳不具备辨别功能,无法确认我是否为人类。我能模仿驾驶者的行为举止——更准确地说,是吉鹰先生设定了我的模仿行为。因此在克劳看来,我和人类并无不同。"

"等下——我捋捋!"我眉头紧锁,努力想要跟上谈话的内容,"这么说……你就是一个花架子?因为是爷爷吩咐的,所以才为了骗不发动的克劳动起来,而坐在驾驶座上?明明根本不会开车?"

麻佳做了个令人不可思议的动作——她微微歪了歪头,说:"这玩笑很有趣吧?"

"玩笑?"

面对我的反问,麻佳莞尔一笑。

"他说,希望我替绢良夫人坐在他的身旁。"

这才是真相吗?刚才那些似模似样的解释都是骗我的?

不对,机器人会骗人吗?不是有机器人三原则嘛——也不对,那规则都老掉牙了,很难说有没有被修改过——啊啊真是的,我的知识不够用啊!

我无法去想那些复杂的问题,只是觉得麻佳的笑颜美极了。

"你——"

我正打算进一步追问,麻佳举起一只手。

"即将到达,可以停在目的地前吗?"

"啊?哎呀不行,太显眼了,我看看——停在那边那辆卡车后面。"

车子稳稳地停在正在送货的卡车后面,下车拐过街角走上一百米就到公司了。我边挎上包边问:"接下来,我希望你独自回家,能做到吗?"

"独自?那您接下来需要急着回家吗?"

"不不,我下班后再叫你过来,不过现在你自己先回去,能行吗?"

听我这么一说,麻佳自信满满地点了点头。

"我们能够自己回去。需要时请再招呼我们,主人。"

"能不能别用这个称呼了?"

"那,四季美小姐,请您慢走。"

"嗯?哦……"

对这恭敬的回答感到不知所措的我刚下车,那辆车——"克劳"便短促地"嘟"了一声,平稳顺畅地融入车流。

"真是服了……"

我心情颇为复杂。明明是打算吹毛求疵的,不,毛病倒确实是找到不少,但她是怎么说的来着?车本身也有 AI?她几乎不插手驾驶?还有法律是怎么规定的来着?——比起这些,我的关注点更多地放在那家伙的品性上。

"她"是奶奶的替代品吗？站在孙女的立场，我很难不把爷爷视作负心汉，不过正如朔夜所说，这都是奶奶去世后才发生的事，我没有责怪爷爷的理由，更何况我自己也没洁身自好到可以说三道四的地步。

麻佳说起这事的时候看上去很高兴。那家伙待在爷爷身边会感到高兴吗？只不过是个机器人而已，"她"有高兴这种情绪吗？如果有，对自己在爷爷死后自动成为我的所有物一事，"她"又有何感想？

这叫我怎么能不在意啊！

走着走着，我习惯性地想要梳理一下头发，随即意识到没有这个必要。今天我不是骑小摩托来的，所以头发并没有被头盔压扁。

"……这感觉怎么回事？超方便啊！浑蛋！"

总觉得……这车是难以脱手了。

那天一整个白天我都把工作丢在一边，又是检索资料又是咨询朔夜，总之做了很多预备工作。下班后，我通过社交网络叫来麻佳。车来后，我一屁股坐进克劳的副驾驶座，同时宣告："我要进行录用考试！"

"录用考试?"

"直到今天早晨为止,我都极其不想留下你,但仔细考虑之后,发现还有那么一丁点儿留下你的理由。所以我打算和你当面谈一谈,以决定到底该怎么做。克劳!沿着国道笔直开,要是到了河边就顺着河堤路一直开。"

车并未立即启动。仪表板上不停地闪烁着问号。

"嗯?"

见我皱起了眉头,麻佳带着一丝疑惑说:"沿最近的 109 号国道向东走,在水吉川河口的十字路口往上游方向开,可以吗?"

"就这样吧。总之沿着河堤走,随便去哪儿都行。"

"那就如您所愿。"

麻佳点头的同时,仪表板上的问号瞬间变成了"Go",车子开动了。

啧,看来还得靠麻佳向机器翻译人类的表达。

先不管这个了,我把包甩到后座,"嘶"地深吸一口气。

"第一个问题,麻佳你和我爷爷睡了吗?"

"您这……不是指在旁陪睡,或在同一时刻入睡的意思吧?"

"我倒是没想到这点!不过当然不是!"

"那么,"麻佳的神情变得稍微认真了些,"因涉及吉鹰先生的隐私,我不能说——即使是对新主人四季美小姐您。"

"也就是说,发生过会触及隐私的事情了呢……"

"我的云服务器由一家企业管理,如果有法院下达的公开命令,或许可以从该企业的日本法人处获取相关情报。"

"那倒也不用。既然如此,我可就擅下结论了,我认为你是我爷爷的继室。"

"您说得不对。"

"哪里不对?"

"我和吉鹰先生并没有结婚。"

"这我知道。你知道什么叫事实婚姻吗?"

"知道,但我不是人类,所以并不适用。"

"我好歹也去翻了翻民法,在法律上确实如此。人类和机器人还不能结婚,也不构成事实婚姻。不过这都不要紧,因为我不是来谈遗产分配的。就我个人的感受而言,你就是爷爷的继室。"

"明白了,就感受而言。"

"你知道'感受'的意思吧?哎呀,怎么说呢,那个什么……你,喜欢我爷爷吗?"

麻佳眨了眨眼,露出一丝苦笑。我觉得这是她刻意选择的表情。

"我还无法喜欢上人类。"

"刚刚不是说了就感受而言吗?你就什么感受也没有?与此

相关的程序呢？"

"用浅显易懂的语言来说，确实有表现喜怒哀乐等情绪的程序，但……"

"你看不是有嘛！那你用那个程序爱过爷爷吗？"

麻佳将修长的食指抵在嘴唇上，思考了片刻，"确实有过可以被认为是爱的行为。"

"回答得还真够坦率的。那这不就算是爱过吗？"

"我倒想问问四季美小姐，您认为在铁路道口保护着您不被火车轧到的栏木机，是爱着您的吗？"

"……反将我一军啊，这例子举得挺妙的。我没问过栏木机，但我想它大概并不爱我。不过，你也并不会对所有人都表现出爱的行为，不是吗？"

"那是因为我曾归吉鹰先生所有，在我的认知里，吉鹰先生是我的使用者。"

"嗯嗯。那么，你现在又是如何看待爷爷的呢，既然你已将我认作使用者？"

麻佳露出清纯的笑容："吉鹰先生曾是非常好的主人。我曾爱过他，但是……我可以说吗？"

"什么？"

"因为我要取悦现在的使用者也就是您，所以可能会故意说出讨您欢心的话来。"

"搞什么啊？你就不觉得你这样挑明了会令我感到不快吗？"

"可您现在不是希望我能坦诚相告吗，四季美小姐？"

"唉……"我举起双手认输，"确实如此。你可真了不起，起码能够揣摩出我的心思。明明才刚见不久，倒挺会察言观色的。"

"这是因为我从吉鹰先生那儿听说了很多四季美小姐的事……"麻佳轻轻地点了点头，然后闭上眼睛、扬起下巴，像是在嗅着空气中的气味，"另外，在我所参照的云端数据库中，储存着无数人的发言、想法、表情、动作，以及与我们机器人对话时的反应。我会将这些与您的情况对照，据此判断出您是什么样的人、希望进行怎样的对话。"

"这样啊……"我并不精通互联网和电脑，但仍意识到一点，"这么说你是联网的喽。也就是受无线电控制？是不是还有个终端母机在什么地方指挥着你？"

我觉得理应如此。虽然从十年前起就能在电视上看到拥有人类外形的机器人，但一举一动如此酷似人类的机体还是第一次见。我实在无法想象，在那光泽秀发覆盖着的美丽头颅中，全都是各式各样的运算。

麻佳不置可否地摇了摇头。

"我不知道那是不是叫终端母机,我是通过 ASP[①]——技术官僚公司管理的服务器运行的。但是,我并非受任何人或事物所操纵的程序,而是自行决定行动的算法。我被创建为独一无二的响应集,不同于其他任何程序,我非他者,而他者亦非我。"

"这也太难理解了吧,到底是什么意思?"

"那您的提问还得更详细一些才行……"

麻佳又一次露出了苦笑。这家伙真是厉害,既让我一直在被当成傻瓜的边缘游走,但却又不会真觉得自己被当成了傻瓜。

"嗯……我想想……"我想掌握应对她的要领,具体来说,是想判断能否将"她"放在我的房间里,就像我买的洗衣机、智能手机和肩部按摩器那样。但该怎么问呢?我完全没有头绪。

车被卡在桥前的拥堵中,好不容易慢慢地挪到十字路口转弯,才开上了河堤路。这条路没有岔路,红绿灯也很少。若是白天,吹拂在河岸上的风总是令人心旷神怡。但现在已是晚上,什么都看不见,不过这也无所谓,因为我们开车过来主要是为了交谈。

"我换个问题问吧。你安全吗?"

"您指的是?"

---

① Application Service Provider,应用服务提供商,为客户提供在线业务应用服务和管理服务。

"你不会突然发起狂来拿刀砍我吧？不，我想应该不至于。打个比方，假如厨房里漆黑一片，而我刚巧喝醉了睡在厨房地板上，你不会将买来的整袋米砸在我脸上吧？"

"不会的。"麻佳开朗地笑了，"诸如此类的危险行为，有无数案例存储在刚才我所提到的服务器中。在四季美小姐的家中，因为始终存在着四季美小姐在家的可能性，所以我在移动尖锐物品、重物和长的东西时都会非常小心。而且我的夜视能力极佳，即使在黑暗中也能看清地面，这样我才能够帮助到吉鹰先生。"

"这样啊，爷爷的眼睛确实不太好……不过，有案例不就说明以前发生过类似事件吗？用尖锐物品、重物和长的东西袭击人类什么的。"

"大部分是在物理推算出的虚拟空间，以及模拟实际街道的试验场中得出的经验数据。如果机器人的行动导致假人身体受伤，这个行为便会与伤害产生关联性，并被登记在禁止事项中。现在，各国研究机关和企业所公布的此类经验案例非常丰富。"

"啊，是这样……不是真的发生过啊。"

"不，坦率地说，并不能保证百分之百不会发生。"

"真的假的？"

"可人类不也如此吗？"麻佳的笑容似乎有一些黯然，"意外总是会发生的，无法杜绝。但案例会不断累积，令再次发生的概率变低。"

"嗯——"我稍微有些泄气，在座位上舒展了一下身体，"算了，反正爷爷没有被你用整袋米砸过。"

"不过，我自己本身砸到过吉鹰先生，他说我很重。"

"你……"话说到一半，我露出了贱兮兮的笑，"你刚刚是在秀恩爱？你是打算把那些事放到台面上来谈吗？"

"直接触碰人类身体的话题非常敏感，因此案例收集也有极强的个体差异，难以制定所有人通用的统一规则——希望您能明白这一点。"说着，麻佳竟露出一丝"意味深长"的轻笑，"事实上，我还不知道四季美小姐您对直接触碰的态度，所以在现阶段，我决定'不触碰'您。"

"你在骗我吧？"我有种直觉，"你早就看穿了我是可以谈论这种话题的人，是不是？应该也有那种稍微触及不正经话题就会勃然大怒的用户吧。"

"您说得没错，刚才我是在'试探'。"麻佳严肃起来，低头表示歉意，"如果刚才那样会令您不快，我绝不会再犯。"

"嗯，也不是……没事，那种程度我还是可以接受的。"

"谢谢。"

"这么说，你不会说谎。是因为不能吗？"

"基本上是这样，但也会根据用户设定做出改变。我今早就开了个玩笑。"

"咦？难不成那句'这玩笑很有趣吧'才是玩笑？"

"是的，"她回答得倒很干脆，"那是跟吉鹰先生学的。如果您希望的话，我可以全面禁止玩笑。反之，也能做到只说谎言。不过后者过于危险，我并不建议。"

"那肯定啊。要是隔壁发生火灾的时候，你谎称没有着火，我不就死翘翘了嘛！"

"是的。"

麻佳嫣然而笑，我也放松了不少，然而接下来发生的事却差点儿令我心脏骤停。

麻佳冷不丁地将两只手伸到我的腋下，用力一抬，将瘫坐在座位上的我扶起坐直。

与此同时，一阵猛烈的冲击袭来，程度不亚于被凿岩机"哐哐哐哐"一通锤打，我向前俯跌，却又被安全带紧紧地勒住，被从左甩到右，又被从右甩到左。

"哇啊——"

"吱呀——"轮胎发出尖厉的啸叫，车子大幅度地蛇行，可下一瞬间，却又像什么都没发生过一样，摆正姿势平稳地行驶起来。

"什……么……"我的心"咚咚"地狂跳不止，"什么情况？发生了什么？"

"刚刚对路上出现的生物进行了避让。"麻佳缩回手，坐回驾驶座，然后微微闭上眼，点点头说，"是黄鼠狼或雪貂，看来完美地躲开了。"

"黄鼠狼？"

我慌张地回头看后挡玻璃，只见一个小小的影子晃晃悠悠地跑进了路旁的草丛。

"是那个吧！好危险……"

"抱歉，是不是直接轧过去比较好？"

"啊？"我震惊地瞪着"她"，"为什么？你这话说得好残忍啊！"

"在冲撞无法避免的情况下，正面冲撞反而更为安全。车体的抗压构造能最大限度地发挥出作用。勉强进行拙劣的避让，反而可能引发伤害性更大的偏移碰撞，甚至会造成翻落河堤的危险。考虑到安全气囊可能会弹出，所以我才把四季美小姐拉起来坐正了。"

"也就是说，刚刚是为了保护那只动物，才故意选择了更为危险的方式？"

"是的，克劳是这样判断的。"

"喔……啊不，这也没什么不好。一般不都会这么做吗？"

见我如此回答，麻佳似乎松了口气，眼神也缓和了。

"您能这么想真是太好了。可也有人会说'索性轧过去'。"

"我的天！"

我不由得皱紧眉头，居然还有那种人？

不，其实本来就是如此吧……与其自己死于交通事故，选择轧死动物可能更为合理。

"不，我还是希望能避开……"

"您的倾向和吉鹰先生相同。克劳也很高兴。"

"嗯嗯，"我点点头，"你说克劳也……会高兴？"

"啊，只是比喻。"

我重新放松下来，又在座位上慢慢地滑坐了下去。

"克劳没有喜怒哀乐的程序。不过，若能和使用者在驾驶方针上达成一致，将有利于它更顺畅地做出判断。"

"毕竟不只你是机器，这辆车也是……"

麻佳一脸平静地握着方向盘。她没有在开车，只不过是做做样子而已——本应是这样才对，但我总觉得另有深意。

我忍不住又问："你之前不是说想要取悦我吗？这岂不是意味着你在本质上拥有感情吗？'感情'这词准确吗？还是应该说是'能动性'？"

我探出身，抓住麻佳的肩膀。涤纶质地的罩衫下是柔软丰满的肌肤，但我能感觉到"她"身体内部那和人类骨骼迥异的金属骨架棱角分明。

"我想知道。你为什么要服从人类？是因为有这样的命令吗？那么你会满足吗？会高兴吗？"

"'麻佳，那样会很残酷哦！'"

突然从麻佳嘴里冒出的犀利言辞，令我大吃一惊。

然而麻佳看上去对那句话没有什么特别的感觉，依然面容平和，"她"碰了碰我放在"她"肩上的手。也许是因为我先碰了"她"，才令"她"启动了触碰模式。

"吉鹰先生曾对我说：'你是没有能动性的。如果你有的话，那就太残酷了，然而，我却又希望你有……'"

"……残酷？为什么？有能动性不是好事吗？"

"是呀，大部分人都这么说。"与话语中表达的肯定含义相反，麻佳摇了摇头，接着又恳切地说，"四季美小姐，我可以请求您一件事吗？"

"请求？"

"现在虽然是所谓的录用考试，但假如我没能通过，希望您至少能留下克劳，可以吗？"

"留下克劳？"我有点不知所措，"为什么？没有你在，我根本就发动不了克劳啊！"

"虽然是这样……"

"这是机器人伙伴之间的互相帮助？还是惺惺相惜？啊！"我脑中冒出一个有点扭曲的解释，"是策略吗？赌我听了后会于心不忍，把你们双方都留下。"

"不是这样的。"

"抱歉，是我小人之心了。因为对方是机器人，我就有点儿无所顾忌了——那我能听听你的理由吗？"

"……我不知道，"麻佳摇摇头，"我自己无法说明，但是却非这样做不可。"

"难道是产生了爷爷所说的能动性？想要和好朋友克劳在一起什么的。"

麻佳又一次不置可否地摇着头。

"我不知道。"

就在这时，"嘟嘟"，柔和的喇叭声响起。前方的视野中，又有个什么动物的影子在车前灯的照射下窜过。

"你不知道啊……"

我将手从麻佳肩上挪开。那肩头的触感，有些冰冷。

3

走进玻璃构造的售车展厅，色彩各异的汽车闪闪发光，很是晃眼。与此同时,销售员们朝气蓬勃的招呼声也迎面而来。

"欢迎光临!"

朔夜双手合十,兴奋地喊:"哇! 好高级! 四季,我还是第一次来汽车专卖店呢!"

"我也差不多,之前只陪爷爷来过一次。"

今天是休息日。通常,把只想窝在家里打游戏的朔夜拉出来约会总是千辛万苦,可奇怪的是,这次我刚抛出"要不要一起去汽车卖场"的饵,她只回了一句"啊,那行"就上了钩。真叫人纳闷。这趟来是为了咨询克劳的事。最终我还是决定把它留下。

我们来到了位于市内的广田汽车卖场。与穿着职业套装的美女销售员隔着文件只交流了二十分钟左右,就把事情办完了。对方称,克劳去年年底刚刚接受过车检,目前还没有检查的必要。

关于克劳的话题刚结束,销售员就有意推荐夏季刚出的新款车给我,在一旁翻看宣传册等我的朔夜立刻用胳膊肘捅了捅我,冲我使眼色。于是,我委婉地打发走了销售员,和朔夜参观起展厅里陈列的汽车来。

有一辆SUV的车身遍布金色侧板和绿宝石色传感器,充满了"未来感",一看就是这家店最高级的车。朔夜窥探着车的内部，欢呼着："四季，你快看这辆雷迪亚①！这可是等级 5 的全自动汽车！"

"这什么呀？怎么没有方向盘？没有方向盘，那司机坐哪儿开？"

"想坐哪儿就坐哪儿，比如副驾驶座啦、后座啦，后备厢也行。"

"后备厢不行吧！"

"就那么一说啦，但它真的完全无人驾驶呢！小孩子也好，老婆婆也好，都能一个人乘坐！"

"不需要驾照吗？"

"不需要，连实习驾照也不需要，好像从上车睡到下车都完全没问题。我真想坐坐看！"

"想归想，但恐怕只有有钱人才消费得起。我估计没个几千万日元拿不下来，我看看多少钱来着……啊，写着样品呢，目前还不对外出售。"

"也是，法律上的问题还没来得及解决。不过，说是等明年法律修正后就可以预售啦。"

"这种事情就不能早点定下来嘛。"我附和着朔夜，视线转移到旁边的车上，"这辆倒是在售款。价格是……过两年风餐露宿

①雷迪亚为 reindeer 的音译，意为驯鹿。

的日子就能买得起。"

"两人一起努力只需一年!"

"两人都不吃不喝只会活活饿死吧! 等下,这辆是等级 4。"我突然发现一个问题,于是迅速走到下辆车和下下辆车旁绕了一圈。它们的前挡玻璃内侧都贴着圆标,上面标着大大的数字,"这辆也是等级 4,还有这辆。"

我将店内的车看了个遍,有些纳闷。

"这里的车怎么都是等级 4? 等级 3 或等级 3+ 已经不卖了吗?"

"四季的车是等级 3+ 吧?"

"嗯,已经沦为了旧款。不过搭配麻佳使用,和等级 5 好像也不相上下。"

上车就能蒙头大睡,麻佳独自在车上时也能照常行驶。不知为何,朔夜听我说了这些优点后,脸上却愁云密布。她似乎有些顾虑对面销售员的视线,偷着瞥了几眼后,说了声"四季,来一下",就把我拉进一辆客货两用车的后座。

虽然车门保持着敞开状态,但车厢中仍有适当的隐秘感,用来说悄悄话再合适不过。我在膝上打开宣传册佯装浏览,问朔夜:"怎么了?"

"下面我要说的话有点儿复杂,可以吗?"

"说吧。是克劳怎么了？麻佳的事我不是已经告诉过你了吗？"

"我对麻佳确实也挺在意的，不过这次要说的是车。四季，你已经坐过那辆车了吧？"

"坐了啊。"

"嗯，那会怎么样呢？你不是只有小摩托的驾照吗？"

"对。啊啊，你是要说驾照啊！"我一听不是什么争风吃醋，顿时松了口气，"我的确没有普通驾照，让麻佳'开车'不就是为了曲线解决这个问题嘛。不过，克劳和麻佳比人类更擅长驾驶，想必不会有事吧。克劳从不超速和闯红灯，爷爷坐了它十年都没有发生过事故。我想直到最后，他都是把驾驶座全权托付给麻佳的。"

"话虽如此，但事故的可能性也不等于是零啊。"

"是没错，"我有些不满地撅起嘴，"那你想要我怎样？我也犯不上重新去驾校回炉吧？"

"这家店里——不仅仅是这里，全日本都是如此——十年前还在售卖的等级 3 自动汽车，为什么现在一辆也没有了？你不觉得奇怪吗？"

"怎么突然这么问？"

"因为存在责任主体的问题。"

"责任主体？"

"你听我说，"朔夜用手指摁住额头，努力集中精神，"虽然都被称为自动汽车，但等级 2 以下的车和等级 4 以上的车，在法律上完全是两码事。等级 2 及以下的车所拥有的巡航控制、车道保持和自动入库等功能，是各自分开、单独附加的系统，只是辅助工具而已。这类车辆的责任主体是人类。驾驶车辆的是人类，事故产生时的责任也全都由开车的人类承担。这你明白吗？"

"嗯，"我预感这次谈话会相当耗时，不过朔夜一开始就告诉过我了，"明白。"

"然而，等级 4 及以上的自动汽车，其责任主体则会变更为汽车厂商。"朔夜将双掌在胸前并拢，再一左一右分开，"这类情况下，驾驶车辆的是汽车本身，在其内置的 AI 造成交通事故时，被判处实施赔偿的是汽车厂商和汽车厂商所投保的保险公司。乘坐车辆的人和公共汽车的乘客一样，对车辆事故不用负任何责任。"

"啊，是这样的吗？"

"是的。正因为保险费被算进了成本，所以等级 4 的车在现阶段才如此昂贵。"

"你说现阶段？但是既然是这样，车价不可能会下调吧？"

"所以说这里涉及法律啊。如果能争取到国家赔偿，车价不就能降低了吗？但为了达到这一目的，必须积累实际驾驶成果，以证明自动汽车是安全的，这么一来又势必要增加等级4车辆的上市数量——正因为存在着这样的循环，所以相关法律推进得很缓慢。"

我"嗯嗯"地频频点头，对朔夜刮目相看，"所以呢？这里面怎么没等级3什么事？"

"这就是问题所在，"朔夜叹了口气，"等级3正好位于从司机责任向公司责任转变的中间地带。"

"就是指双方平摊吗？"

"事故责任是无法被划分得如此干净利落的，在过去根本就不能被划分。"朔夜"啪"地将双手合在胸前，"如果车辆造成了事故，就必须有谁为此负责，而机器不能担责。所以有一种论调至今仍具有广泛的影响：只有在决定事故是否发生的那个瞬间，车辆必须由人类驾驶。"

我一时没能理解，"你是说为了避免发生事故，只在紧要关头将驾驶权交给机器……"

"不是哦，正相反。"

"哎？在紧要关头，不让机器插手？咦？"

"难以置信，是吧？"朔夜苦笑，"我也觉得现在看来这个规定很离谱，但放到十年前或许很容易理解。在那个时候，机器还没有可靠到能在紧要关头托付性命的程度。更早之前——从马拉车的时代开始——每逢性命攸关之际，比起机器，人类自身的确更为可靠。这样的情况延续了数百年，机器的驾驶水平终于开始赶超人类，而这个节点正好是十年前等级 3 自动汽车问世前后。"

"原来是这样……"我终于明白朔夜想说什么了，"这么说我家克劳也是如此？它多少还是有些靠不住？是技术不行吗？"

"我觉得，如果有远程更新功能，软件并不会落伍。问题还是在于责任主体的认定。万一克劳导致了交通事故，就会变成你的责任，明白了吗？"

"会吗？"我反问，与其说我不认为会变成我的责任，不如说我不希望变成我的责任，"照这么说，麻佳的责任不应该排在我之前吗……"

"麻佳不也是 AI 吗？"

"是 AI 没错。不过'她'说自己和克劳毫不相干，属于一个叫什么什么技术来着的公司。"

"那么，那家公司有没有承诺过，会对本公司 AI 驾驶的汽车承担相应的责任？"

"嗯……"我回答不上来，但依据常识想象了一下，"没有……承诺过吧。"

"之后请去确认一下。首先能够确定的是，一旦克劳发生事故，相关责任会跳过麻佳直接归咎到你的身上。不，也许情况还会更糟。在广田汽车的车辆上擅自加装那个什么技术公司的机器，而且使用方法又那么怪异，这种情况说不定连自愿保险^①都申请不了。"

"会变得那么复杂吗？"我有些不耐烦，差点从座位上哧溜滑下去，"这可就有点麻烦了……啊对了，可是——"我用手撑着地，重新将屁股挪回座位，"上次眼看就要发生事故时，克劳和麻佳可是联手救了我哦。"

"哎？"朔夜瞪圆了眼睛反问，"事故？什么时候？在哪儿？怎么没听你提过？"

"就前不久的晚上，在水吉川的河堤上。我就知道你会摆出这副表情才没说。当时，旁边窜出一只黄鼠狼，克劳一个精彩的闪躲避开了。麻佳还护住我了呢。"

"没事吧？话说，避开黄鼠狼干吗？"

"你该不会是支持轧过去吧？"我正色道，"你不觉得很可怜吗？据说克劳遵从爷爷的嘱咐，在这种情况下都会选择避让。"

"嘱咐？你是说在冲撞或是避让这种至关重要的选择上，等级 3 的 AI 允许这样的人为介入？"

---

① 也称任意保险，投保人可以自行决定是否投保、向谁投保、中途退保等，也可以自由选择保障范围、保障程度和保险期限等。

"是不是介入我不知道，反正麻佳是这么解释的。你看，比起克劳单枪匹马，他们两个互相配合时性能不是更好吗？至于保险公司，我就不能找个好借口忽悠过去吗？诸如'我又没有在车上加装什么奇怪的机器，只是额外荷载了一个安全装置'之类的。保险公司会不会觉得'原来如此，厉害厉害'，然后赔付啊？"

"赔不赔付得由对方的法务判断。你觉得会？"

"谁知道呢……"

这个世界可不是光靠着善意运作起来的。我又不是三岁小孩，哪会连这点道理都不懂？只要发生了事故，不管是哪一方都会想方设法将责任推给别人。

"如果能把事故责任推给 AI，对于人类的公司而言，不是很值得庆幸吗？"

说着，我感到心口像被针扎了一下，隐隐刺痛。虽然从刚才开始就一直在讨论这个话题，但其实在我看来，自动驾驶本身就是一桩把脏活儿强行推给机器的勾当。

"就是无法推给 AI 啊，四季。"

"为什么？"

"有什么好为什么的，那不是明摆着吗？因为机器不是人类。"

"啥？"我难以理解，"那公司也不是人类啊？哦等等，公司是法人。"在我每天处理的文件中,即使不想看到,这个词也动不动就出现。

"没错,公司是法人,拥有和人类同样的权利,所以能做很多事。最关键的是,它和人类一样,能够受到惩罚,因而也就能够承担事故的责任。"

"也就是说,因为 AI 无法受到惩罚,所以承担不了责任……"我意识到自己在说这句话的时候,就已经有了下一句想说的话,"我说,这么一来……"

"客人,请问试坐的感觉如何?"刚才的女销售员在敞开的车门外窥探。

"啊,麻烦再等……"我刚开口,就发现她身后还跟着其他客人,"啊,对不起!因为太舒适了,不知不觉就聊得忘了时间。"

"是这样啊。"

"这款车特别适合约会,一坐上这个座位,就想对旁边的人说些甜言蜜语呢。"

我下车时随口这么说了一句,不知为何,销售员的脸变得通红。

之后上车的客人开始对着车又摸又坐,销售员趁机抽身,又一次跟上了我们。总觉得她向我投来的视线很是炙热。咦?该不会是对我有意思吧?"方便的话,我为您介绍一下如何?"啊,是我自作多情了，看来对方只是觉得能做下一笔买卖而已。"鄙姓山田。"她递来名片。嗯，果然是在招揽生意。虽然我感觉她连时机和对象都有些没找准。

朔夜冷不丁地挡在我前面，问："我也可以咨询一下吗？"

"啊，好的。"销售员转向朔夜。这才对嘛，没车的是朔夜呀。

"如果我打算换车，AI 能够转移过去吗？"

"您说的转移是指……"

"就是说，买下等级 3 或等级 4 的车开了一段时间后，车载 AI 不就能记住用户的一些信息和偏好了吗？比如用户的名字、住址、常去的店、是速度派还是悠闲派等。那在购入新车时，这些记录能转移过去吗？"

听了这话，销售员莞尔一笑，"当然可以。客人的个人数据都保存在我们这里，换新车时会自动输入，无须重新一一设定。"

"哎呀，这样啊，好方便！那是不是就相当于把前车 AI 直接移植到新车上去呢？"

"移植这个说法有点不太准确。AI 的主体部分、算法的自我改良部分会随时上传给服务器，以改进所有车载 AI 的性能，但一辆车的车载 AI 本身是不会移植到下一辆车上去的。"

"不会吗？"

"是的。"

"那就是说,"我忍不住插嘴,"我的 AI 和车子一样,都是无法循环使用的? 一旦车子报废,AI 也会变成废铜烂铁?"

"是……会这样的。"

销售员依旧保持着笑容,神情却有了微妙的变化,好像我刚才说了什么疯话似的。

朔夜强行终结了话题:"谢谢,我们回去再商量一下,先告辞了。"

"啊,好的! 要是还有什么疑问,欢迎随时再来。"

销售员礼貌地目送着我们,并鞠躬送行。

走出售车展厅,我们沿着行道树林立的人行道前行。"四季,你看!"我顺着朔夜手指的方向看去,只见一辆车从路上开过,坐在驾驶座上的大叔正将毛巾盖在脸上擦拭着,朔夜又连着指了好些地方,"那个也是,还有那边!"我一一看去,不仅看到了将手伸进副驾驶座上的儿童安全座椅中忙活着的女人,还看到了正在玩手机的老人。

"嘿嘿……朔夜,我算是明白你今天为什么会跟来了。"

"为什么呀?"

"为了宣示所有权。"

"我才没有。"

"啊哈哈,对不起。"我搂着她的肩膀拍了拍,恢复了正经,"你是想告诉我，还是不要过分拘泥于克劳和麻佳比较好。"

"对，就是这么回事。"这时我们来到公交车站排队候车，朔夜呼地长出一口气说，"机器并非多么特别的存在，替换品要多少有多少，再加上改换普通驾照又很麻烦，所以从各种意义上看，倒不如一开始就买辆新车还更方便些。啊，当然，我知道你爷爷的遗物对你而言很重要……"

这时，市内公交车来了，我们上了车，往前面走，看见右列最前排的座位上有两个男孩紧贴在前挡玻璃上，他们的母亲正斥责着让他们赶紧坐下。这时，车厢里响起的录音广播盖过了母亲的责骂声："为了各位乘客的安全，在行驶过程中请不要离开座位，并系好安全带。"

说起来，无人驾驶的公交车也不过是不久前才出现的，却已经像百货公司的自动扶梯和游乐场的单轨列车一样，不知不觉间令人见怪不怪了。

我们坐在那两个孩子后面的座位上，这儿是车轮的位置，因而垫高了些。

"这辆公交车呢……"

"嗯。"

"即使撞了车、弄伤了这两个孩子，也不会说'对不起'哦。"

坐在前面的那位母亲一脸愠怒地转过头来，大约是觉得朔夜这话听着刺耳。

朔夜怔怔地说:"就算车说了'对不起',人也高兴不起来吧!"

"没错。"我将头斜倚在窗玻璃上。

朔夜说的话是没错,但车也许也想说'对不起'吧?

我之所以让麻佳进家门,完全是因为招致了米仓太太的误解。

这段时间,我每天都让麻佳接送我上下班,本来一直将她安置在车库里,直到我往她腰上插插头的一幕被米仓太太撞了个正着。

"哎呀? 生病了吗? 不对,咦?"

那天晚上加班,回来时已过了晚上九点,车停进砖块搭建的昏暗车库后,麻佳在后座上掀起罩衫下摆、露出肌肤,而我整个人压在她身上,还在扭动着身子。这时,却听见车外有人冒失地喊了起来。我一抬头,正好和站在车边向内窥视的米仓太太面面相觑。

"哎呀,啊……我不是故意的。"

米仓太太用手里的传阅板报遮住嘴,嘴里嘟囔着,随即向后一个大转身,打算脚底抹油。我赶紧跳下车追了过去。

"等等，米仓太太！等等！"

我一把抓住大步流星、气喘吁吁往家赶的米仓太太的手腕，米仓太太回过头，脸上僵硬地挤出笑容，含混不清地说："不，那什么，没事的，这有什么大不了的？原来四季是这种人呀，最近还是挺常见的。"

"这种人是什么意思啊，这种人！"

"就是对男人不感兴趣……之前我也隐隐察觉到了，因为连你男朋友的影子都没……"

"这是个误会！"我把头摇得像个拨浪鼓。当然，我否定的不是她的这个推测，而只是刚刚发生的事，"我可没做什么奇怪的事！那只是在充电，麻佳是个机器人！"

"机器人？"

"请跟我来！"

我把米仓太太拽回车库，让麻佳做自我介绍、展示插头，外加独唱贝多芬的《d小调第九交响曲》（用咽部扬声器）。米仓太太虽然被吓得魂不附体，但最后总算是接受了这个事实。

"哎呀呀，还真是机器人。做得也太逼真了。"

她先是探看麻佳的嘴巴，确认了上下各有十颗连在一起的牙齿，又握住麻佳的手腕，听到了代替肌肉的马达的低鸣。之后，米仓太太瞥了车一眼。

"这女孩该不会一直待在车的后座上吧？"

"嗯，是的……被您发现了？"

"我就觉得有什么在，不过很难逮到现行。"

那当然，我可是很小心不被逮到的好嘛。

"可是你为什么不让'她'进屋去呢？"

"哎？因为是机器人啊……"

因为不知该怎么向她解释我和麻佳之间微妙的距离感，所以我打算就这么搪塞过去。没想到米仓太太不依不饶，摇着头说："就让'她'进去嘛！这么可爱的女孩被孤零零地丢在车库里，多可怜啊。万一有人闯进来可怎么办！"

"我觉得不会有人来的。"

"没这回事！以前就有人来偷过建材。'她'也可能会被人从后门偷偷地带走的哟！"

"我待在车库里就可以了。"

听了麻佳的话，我叹了口气。这话完全起到了反效果。搞得好像是你在客气，我却将你抛下一走了之，显得很不近人情。

"来吧。"

看我领着麻佳走出车库，米仓太太笑嘻嘻地说了句："这才对嘛！"就连感知到麻佳走远的克劳，也像是赞许似的鸣了一下喇叭。

我们爬上外楼梯，走进家门。我的住处是一室一厅，两个房间各六张榻榻米大小，褪色的木纹壁纸和碎花漆布充满了浓浓的昭和风情。这房子最后一次翻新已是近40年前的事了，虽然除了抗震性强就没有别的优点了，但我对这里颇为满意。

然而现在，这里却多出了个诞生时间和房龄差了两个年号的"女"机器人。我这小天地还不曾让人来过，就连朔夜也没有。这让我心里直犯嘀咕，我总觉得让麻佳进屋这事儿是不是太不合适。

"坐，那边有椅子。插座在那里。"

我打发麻佳坐下，自己脱了外套，洗了把脸，开始准备晚餐，却因心绪不宁而备感苦恼。我做好一人份的饭菜端上餐桌，吃之前终于还是改了主意，在麻佳面前也放上了一杯茶。

"我喝不了的。"

"我知道。但我又不能就这样无视你，就当装装样子好了。"

"您和吉鹰先生一样呢。"

"是吗？"

"他也总是给我放上一杯喝的。"

原来爷爷每天就是这样吃晚饭的吗？这样会令爷爷感到愉快吗？——也是，毕竟他在外面又没有女朋友。

可之后该怎么办？就让"她"一直坐在那儿？"她"自己虽

说不要紧，但要是我夜里起来，冷不丁地看到一个还不是很熟悉的"女人"坐在黑漆漆的厨房里，着实怪吓人的。

想安排让"她"睡下吧，可我只有一张床、一套被褥。除此之外，睡衣、内衣、换洗衣服和随身物品等，样样都缺。可"她"需要这些吗？如果需要，是我给"她"选，还是让"她"自己去买？换衣服怎么办？化妆怎么办？洗澡又怎么办？

"我说，你和爷爷到底是怎么一起生活的？"

事到如今，我也不得不询问起麻佳的操作方法来，或者说，"她"的生活方式。

爷爷为麻佳准备了三套同款衣物、鞋袜以便换洗，就是麻佳现在身上穿的那套。爷爷还试着亲自给"她"化妆，但技术实在太烂了只得作罢。到了晚上，要么和爷爷大被同眠，要么单独睡在另一套被褥里。爷爷也曾打算与麻佳一起洗澡，但麻佳的防水性能不太行，所以爷爷做了让步，只是时不时地擦拭一下。

"平时都做些什么？"我抵着前额，努力让自己保持冷静，进一步追问，"比如白天没什么事的时候。"

"吉鹰先生让我坐在客厅的沙发上，我就一直坐在那儿。"

"坐那儿？我去了好几次怎么从来没见过你？你几时起在的？"

"从六年前的秋天开始。四季美小姐来的时候，我会躲进和室的壁橱。"

"壁橱！"我叹息道，"爷爷啊，亏你做得出来……"

见我沉默了，麻佳似乎有些担忧，她说："请问，我能说几句吗？我现在还不太能领会四季美小姐的心情，要说的话可能会令您不快。"

"没什么，说说看。"

"吉鹰先生总是在说，绢良就是这样的。绢良总会坐在沙发的那个位置，绢良总是穿着这样的衣服……他还曾经拿着婚礼上的照片和我做比较。我明白这是僭越，但……"

"这解释顶多能让我好受一半吧，"我以手托腮，"爷爷是把你当作奶奶了，而且还是年轻时的奶奶。不过也能理解，离世前的形象过于历历在目，反而会显得和日常生活不协调。我虽然不确定，但八成是基于这个理由。"

"您刚刚说一半？"

"被当成奶奶对待，你又是什么感受？我感觉不到，这令我无法释怀！"我把碗一推，向前探出身子，"给你穿上洋装、打扮起来坐在那儿，不方便的时候就藏起来，跟你说些早已去世的妻子的往事，完全就是把你当成洋娃娃对待，不是吗？你究竟是何感受？爷爷他又是怎么考虑你的感受的？"

"四季美小姐……"麻佳脸上浮现出柔弱的笑容，"我此前就已经说过了，我对这些并……"

"我知道！你什么都感觉不到，也没有能动性，即使被当成洋娃娃也不会抱怨，这是为什么呢？因为你实际上就是个洋娃娃！"

我一通大吼大叫后，无力地伏在桌上。

"话是这样说……可你明明有着人类的模样，能像人类一样行动，却无论被如何对待都无半句怨言，这种事怎么说呢……"我抬起手指，在桌上画着圈圈，"总觉得……堵得慌，很难受。这不是我自己的遭遇，我却感同身受。"

"那即使我说，我并非什么都感觉不到，而是满足于被这样对待，大概您也不会觉得有所安慰吧。"

"因为这就是你的设定啊！被疼爱的时候会感到高兴，不，应该说是表现出高兴的样子讨主人欢心。可这设定本身不也是被主人设置好的吗？"

"那我问您，四季美小姐，当您感到喜悦时，您会担心这是被什么人设定好的吗？"

"哎？"我扬起脸，"我的喜悦自然是由我本身决定的！"

"难道自您小时候起便是如此吗？我从吉鹰先生那里得知，你喜欢吃蛋糕而讨厌菠菜，那这种好恶最初是由您自身所决定的吗？难道不是不知不觉间变成这样的吗？"

"应该……是吧。"我撩起头发，再次看向她，"你想说什么？"

"不能在能动性的发源处寻求人性，不是吗？"

"你是说，在这一点上，AI 和人类都一样？也许是这样，但……"

"下面的话会有些难以理解，"麻佳的语气有所缓和，"其实在这一点上，人类很久之前就已经给出了答案。"

"很久之前？谁？"

"很多人——您知道自然人的概念吧？哪怕没有国籍、民族，不适用任何法律，甚至可以没有性别，自然人只需诞生于世即成立。即使是新生的婴儿，也享有作为人类的权利，因为人生而为人，无须任何理由，约定俗成、天经地义。当今的人类社会基于这个规则运作，万变不离其宗。"

"所以呢？"我诧异地看着"她"，"你是说，无论人有没有能动性都享有人权，AI 也因而同样享有人权？"

"不，AI 不适用这个规则，而是正相反。因为 AI 生而不为人。"

"所以就没有人权？"我登时感到后背发凉，"你居然能若无其事地说出如此恐怖的话来。"

"我并不觉得这句话恐怖。目前——"麻佳苦笑，"我的设定里还没有这种感觉。"

你笑着说自己没有人权的样子，不正是你没有人权的理由吗？我差一点就脱口而出。

"麻佳！"我猛地一拉椅子站起来，一种诡异的毛骨悚然感令我的心狂跳不止，"我说……"

我手持餐叉绕过桌子，麻佳乖巧地仰视着我。

我将餐叉的四个齿尖抵在"她"白皙光滑的面颊上，滑至"她"眼睛下方五毫米处。

"要是我将它扎进去，你会怎么想？"

"我会想，我要坏掉了。"麻佳连头也没有晃动一下，只用那清澈的黑色瞳孔凝视着餐叉，"不过，我不会反抗的，所以您不用担心……还是说，我反抗一下比较好？"

你在说什么啊？你也太奇怪了吧！我几乎就要大叫出声了。然而，我的手蠢蠢欲动，像要被什么吸进去一般。

"哇！啊啊！"

我像被热物灼伤般甩开餐叉，猛地后退。

餐叉掉落在地板上，发出一声冰冷的脆响。麻佳泰然自若地将其拾起。我捂着剧烈跳动的胸口，甚至想要从这里逃走。我无法理解自己刚才的举动，脑中一片空白。

"请冷静下来，四季美小姐。"麻佳微笑着，将叉柄那头递了过来，"您什么坏事也没做，只不过是打算摆弄摆弄机器罢了。"

"不！不是这样的！我差点伤了人！我刚刚想要扎伤你！

因为你毫不设防的样子，因为你说什么弄坏你也无妨的蠢话！"歇斯底里的情绪反噬回来，令我全身无力，险些瘫软在地，"天哪……要是真的认为这种事做了也没什么大不了的，我就会下手吗？我……"

"请您冷静！不是只有您会这样。"麻佳的措辞有了些许变化，"她"又重复了一遍，"人类本性如此，一旦得知可以肆意妄为，便什么都做得出来。您会感到混乱只是因为我刚好看起来酷似人类罢了。更何况，您不是停手了吗？所以没关系的……"

"呜……嗯。"我实在无法再次接过餐叉，而是站在麻佳身旁，将手放在她柔软又有些冰冷的肩头，"对不起，刚刚我不太正常。那不是我……"

"没关系。"

"那不是我……"不，那就是我。刚才露出狰狞面目的正是我最真实的本性。对此，我心如明镜。归根结底，我和爷爷根本就没什么两样，"……总之我不会再那样做了。"

"我相信您。"

或许"她"觉得只要自己这样回答，人类便会安心吧。"她"斜侧过身，将手覆在我的手上。真是体贴。如果是普通人类，此时本该仓皇而逃或勃然大怒才对。

也就是说，"她"现在无法表现出这类态度。

　　我低头看着眼前的"她"，心中升起一股奇妙的感觉，这种感觉迄今为止还从未有过。不是因为意识到"她"曾被爷爷碰过而产生的厌恶感，不是基于"她"那美丽的容姿而萌发的情欲，也不是面对拥有渊博知识和高深能力的机器时会感到的好奇和恐惧。

　　这女孩，是多么的不成熟、不完美和柔弱无力啊。虽然从外表和言行举止上看难以置信，但"她"是那么脆弱易坏，命运全看人类会如何对待"她"。而人类对待"她"这种"物品"的方式，比人类自身所认为的还要更加残酷无情。

　　就像我刚刚险些做出的那样。

　　如果我想把这样的"物品"留在身边的话——

　　我把手放在麻佳的腋下，"她"顺从地在我的牵引下站了起来。

　　这纤细的身体，比我要矮大约三厘米，轻五六千克，我轻轻地用臂膀环绕着"她"，抱住。

　　"四季美小姐？"

　　麻佳的声音里带着困惑。但正如我所预料的那样，"她"仍没有一丝一毫的反抗，而是将手从我的手臂之下探出，环住我的腰，同样也抱住了我。

　　"……这样做，可以吗？"

　　"你可以什么都不做。"

麻佳那富有弹性的胸口和腹部均没有一丝热度，我像是要将自己的体温传递给"她"一般，用力地、用力地抱着"她"。麻佳想转头看我，我却故意避开了视线，"你还是个孩子呀，是个只知道讨好别人的孩子。成熟的外表只是假象，所以，我以后会像对待孩子那样对你。"

"若您无视我的外表，又为何要抱紧这副躯壳？这到底有何意义？"

"还不是因为我触碰不到你的本质。"我松了松手臂，"如果AI的程序和数据能以实体出现在我面前，以我现在的心情，何尝不想紧紧地抱住它们呢？可这不是办不到嘛。"

"您是说对作为软件的我抱有好感？"麻佳像是感到吃惊，"这可能吗？"

"可能？这不是可不可能的问题，而是本就如此。人类会对任何事物倾注感情，哪怕没有形体，哪怕根本就不存在。"

"人类……会喜欢上无形之物？"麻佳喃喃着，极为认真地在我的眼睛中寻找着答案，"是这样吗？喜欢上本来不可能喜欢上的东西，这就是人类？"

"是的。"

我点点头，打算像教小学生那样教导"她"，却忘了眼前这个存在与小学生相去甚远。

因而，麻佳接下来的话令我不知所措。

"那，若我喜欢上了本来不可能喜欢上的东西，我就能被视为人类了吗？"

"这……"搞什么？我们不是在谈论人类会不会喜欢上某种东西吗？"哎？你说反了吧？"

"说反了？"麻佳有些诧异地歪着头，"我们不是在说作为人类需要满足什么样的条件吗？"

"你刚刚不是还说自己是 AI，所以没有人权吗？"

"是的。人类社会只承认生而为人的自然人拥有人权。但天赋人权的概念并非源自本初，而是为了纠正人的权利曾不被承认的状态，在发展中应运而生的。既然如此，人权的范畴此后也有可能会覆盖得更为广泛，不是吗？"

"也不是不可能，但和我们现在说的不是一回事吧！"

"哎？是吗？"

"这还用问？我说的是自己今后会如何对待你，以及为什么这么做。我管它什么社会、什么人权！"

"这样啊……"

"怎么，你想成为人类吗？"

在我的询问下，麻佳又一次露出迷茫的神情。"她"注视着虚空，摇了摇头。

"我并不想成为人类。"

"真是的……"我下意识地松开麻佳。正是觉得她宛如无辜幼童，我才有了去保护她的欲望，但这种欲望却被古怪的问答消磨殆尽了，"你太难捉摸了。我完全搞不清楚你到底有没有自己的感受，以及想不想和我好好相处。"

"对不起……"麻佳虽然温顺地垂下了头，却又补充了一句，"但是，即使四季美小姐是在和人类交谈，也会有同样的感受吧？"

"嗯……"我将餐具端到洗碗池冲洗起来，隔了一会儿才回过头说，"也是，人类中也有很多难以理解的家伙。"

"人类，真难捉摸啊。"

"这点我同意。"

说了半天，我搞明白的只有这点。

爷爷究竟是怀着怎样的心情和她共同生活的呢？

4

随着季节变换，在搞明白爷爷和麻佳一起生活的理由之前，我先明白了爷爷为什么要乘坐克劳出行。

两场台风宣告了秋日的终结，自台风来袭的次周起，天气就骤然转寒了。面对倾盆大雨和瑟瑟寒风，去年还在骑小摩托的我必须全副武装，雨衣、口罩、长靴缺一不可；而今年我只要下个楼梯去车库，之后再过个马路到公司门口就行，跟户外空气顶多打个照面。我深切地感受到只需招呼一声就能自动行驶的汽车有多么可贵。

当然，如此一来在公司也就瞒不下去了。

"一之仓小姐，是朋友送你来的吗？"

"才不是呢，那是堂姐妹吧？"

对于这些误解，无论我承认哪一个，之后事情都会变得很麻烦，所以我不得不将麻佳的来历和盘托出。

公司大部分人都接受了麻佳是驾驶用机器人的说法，却仍有两人纠缠不休。其中之一是我的上司科长，总是针对一些细节刨根问底："那居然是个机器人？听从命令吗？能做些什么？"我本来还以为他是个深藏不露的机械狂，结果发现并非如此。有天晚上科长让我加班时，居然异想天开地说："准备这些资料不过就是码字而已。一之仓，你不能叫那个机器人来帮把手吗？"看来这人是打着用一个人的工资使唤四只手的如意算盘。本来我的工资就没多少呢。

另一个不达目的誓不罢休的男同事是个爱车族，他不相信这世上会有缺了机器人就开不了的车，老是追着我打听克劳的情况，最后擅自得出一个令人不爽的结论：八成是车哪里出问题了。我又不能告诉他我没有驾照，即使想握方向盘也不行，所以只得应付他说，等问题再严重些就请他帮忙看看。

虽然把这两人给糊弄过去了，但我认真留心之后才发现，周遭所谓的"普通"机器人出乎意料地多。在社长办公室里端茶倒水的，是社长为了在客人面前显摆而购入的女性形态敬茶机器人（除了端茶倒水和傻笑之外啥都不会，也从不离开所属的 11楼）；将备用品从地下仓库送至各楼层的少年形态机器人就像一个长了脚的晴天娃娃（这孩子会说不少客套话，什么"你好""谢谢""不好意思借过一下"之类的）；客户那边的部长身边总是跟着一个男性形态机器人，高大英俊，拿着部长的智能手机和钱包，我一见之下差点儿没笑出来——毕竟机器人本身的用途应该远比机器人手上拿着的那些东西多多了。

在走廊碰见抱着厕纸的少年形态机器人时，我曾恶作剧地拦住它的去路。它试图从旁边穿过去，忽左忽右徘徊不定，最后停了下来。

于是我蹲下身问它："我说你啊，要是这辈子都过不去怎么办？"

晴天娃娃闪烁着大脑门儿上的黄色 LED 灯回答："比加班的话，我可不会输哦！"

事后我才对它说的话感到在意，它当时说得很讨巧，虽然不排除早就被程序员输入了什么"应答宝典一百句"之类的数据，但我觉得可能性不大。这些到处跑来跑去的机器人，尽管制造厂商不同，但都连接着互联网。走路时如何端茶不洒，如何为部长撑伞，以及被人类捉弄时该如何应对，这些都能参考数据库来完成。麻佳不是也曾这么说过吗？

如此说来，其他的机器人也会像麻佳一样思考吗？即便不会，它们也拥有思考能力吧。哪怕被人类禁止，哪怕没有被赋予说话的机能。

这到底……是怎么回事？总觉得这事儿不太妙啊。该不会突然有一天，全世界的机器人都开始大谈人权吧？

不会吧。又不是老掉牙的科幻小说，这种事哪有可能发生！远比我精通此道的那些专业人士肯定对此有过预想，并有所防备。

况且我在麻佳身上并未感觉到危险，只是隐约觉得"她"在"思考着搞不明白的事"而已。话又说回来，摸不透机器人的心思也没什么奇怪的。

在公司人尽皆知后不久，朔夜终于也提出要乘坐克劳。以前我确实答应过她，她也跃跃欲试，但现在的她早已经不像一开始那样雀跃不已了。给朔夜打电话时我还不太清楚她的状态，不过第二天早上见面后我全都明白了——她的眼神宛如一个监察官。

"我是麻佳,初次见面。"

"我是萩朔夜,初次见面。"

我们约在离家最近的车站候车场,初次相见的两人宛如揽镜照影,说着一模一样的话,向对方点头致意。朔夜虽然眼神冷峻,但还是表现出应有的礼貌。

因为朔夜占了副驾驶座,我便坐在后座。车子停着不开会显得很奇怪,于是我像上次那样发出向河堤开的指令。车子开动后,我向前探身,抓住前方的座椅靠背。

"真没想到你会好好打招呼呢,朔夜。"

"我当然会。怎么,你以为我会突然大叫狐狸精,然后冲上去挠'她'的脸吗?说起来,你就不担心情况会变成是我抢走这位小姐吗?"

"啊,那可难办了,对不起。"

"虽说我并不会那样做。总之——"朔夜将视线移向麻佳的侧脸,对"她"说,"今天我来是为了找你——还有另一位——聊聊的。可以边开车边谈吗?"

"另一位?"

听见我的嘟囔后,朔夜指着仪表板说:"克劳,你能听见吧?就算只是等级3,应该也会一直监听乘客的谈话内容,你能做出回复吗？能，还是不能？"

"能。"

"什么?!"

我大吃一惊。喇叭里响起一个年轻男性的声音，略显沉稳。

"克劳，你……能说话？"

"是。"

"四季，冷静——"朔夜举起一只手，"这种级别的自动汽车理应具备语音功能，做出'是'或'否'的回应、报出目的地名称什么的都不在话下。但也仅限于此，和稍早之前的汽车导航没什么不同。"

"是这样吗，克劳？"

克劳没有回答，反而是麻佳替它开了口。

"正如萩朔夜小姐所说。因此克劳回答不了四季美小姐您刚才的问题，对它而言太难了。"

"哦……"

"叫我萩就可以了，麻佳。"改正了称呼后，朔夜重新向麻佳发问，"看来你的回答水平相当高，那我就开门见山地问了。我在意的只有一点，为什么当四季坐在驾驶座上时，克劳就不发动？"

"我不知道。克劳的想法非我所能理解。"

"就是嘛，毕竟一个是车，一个是人型机器人。"我对此表示接受。

　　然而朔夜仍然目不转睛地盯着麻佳的侧脸，"麻佳，你说不能理解克劳的想法是什么意思？这句话可以有很多种解释，是底层的无线频率和通信协议①就不一致呢？还是编程语言和应用程序的标准不同？还是机体的物理构造不同所导致的？抑或是——你的话中另有深意？"

　　"哎？这都是什么和什么啊？"

　　"有多种含义，萩小姐。在某些领域我无法理解，但在某些领域能够理解，从全局来说，则不是我能理解并解决的问题。还需要更详细的说明吗？"

　　"当然，说来听听。"

　　"首先，我用软件模拟无线装置，能和克劳的汽车电装无线电总线②连接，借此实现彼此间的通信。再者，各设备应用层上的运作也得到了互相认证，比如我能获取克劳的侧面监控所拍摄的影像，我视野中的一切也能传递给克劳。至于电源和行驶装置，则完全由克劳掌控，我无法介入，不过我认为我并没有必要进行干涉。到目前为止，您能理解吗？"

　　"可以。所以呢？"

---

　　① 开放系统互联协议中最早的协议之一，为连接不同操作系统和不同硬件体系结构的互联网络提供通信支持。

　　② 计算机各种功能部件之间传送信息的公共通信干线。

两人完全将我抛在一旁，只顾说个不停。

"关键在于克劳的 AI 部分。克劳由上位、中位、下位、车内和统合五个等级的 AI 组成。其中下位 AI 负责控制汽车的行驶、转弯、停止等行动；中位 AI 负责掌握周边状况，以及过去、未来一分钟内的位置关系；上位 AI 则掌握车辆自身在地球上的位置和目的地位置，以及两者之间的路况，从而规划路线；车内 AI 监测乘客的状态；以上所有的情报都交由统合 AI 查对，以实现舒适安全的乘车体验。"

"明白。那你无法理解的究竟是什么？"

"是 AI 部分的某个方面。"

"某个方面？"

"即算法的一部分。虽然克劳为了保护人类，对安全驾驶有着极强的目的意识和遵纪守法意识，但在某部分算法的作用下，它拒绝人类驾驶。"

"身为机器人的你就可以驾驶，四季却不行，这是否说明车内的 AI 产生了异常？"

"不排除这个可能性，"麻佳虽然这么说，实际上却在摇头，"但也可能是其他情况。目前还不清楚这种甄别在何处进行，又为何会进行。我所说的无法理解就是这个意思。您明白了吗？"

"——唉，搞不懂。"朔夜叹道。

"您不明白吗？"

"你没听懂？"从头到尾就没听懂的我从旁插嘴。

朔夜苦笑着摇头，"不，说的内容我听懂了。但问题好像是出在克劳的内部，这就让我搞不懂该如何是好了。"

"说了半天还是不懂嘛！"我颓然瘫回后座。

"五个等级的 AI……如果只是人体传感器故障之类的倒也好办，可若是算法层面的运行异常，我就无从下手了。"

朔夜咬着嘴唇嘀嘀咕咕。突然，她紧盯着仪表板，整个人愣住了。

正好这时我在后面喊她："喂，朔夜，我有个问题想问。"

"嗯？啊，你问。"她回过神来，看向我。

"如果是容易修复的问题，你会修复吗？"

"那当然，我原本就是这么打算的，毕竟——"她用拇指指了指驾驶座，"我可不想放着这么一个投四季所好的性感机器人不管。你看，'她'和人对话起来多流畅自然！你不就喜欢这种聪明的女孩吗？"

"我就说吧，你果然是在吃醋！不不不——"我竖起手掌一通乱摆，"你不必担心，我对麻佳可没有非分之想！"

"真的吗？"

"真的！该怎么说呢，她说的话我都能听清，却根本听不懂。

我不是指'她'自带神秘感,而是在'她'身上,我感觉不到'人'的存在。"

"你又搞不懂'她',又不觉得'她'可爱,那你为什么还要留下'她'呢?"

"可能是因为'她'看起来没有危险性,还很方便。"

这时,克劳"嘟"地鸣了一声喇叭。麻佳说:"河堤路即将开至尽头,是否折返?"

我看了眼窗外,茅草繁茂的河岸已极为狭窄,而山近在眼前。从远处看时山体仍显得郁郁葱葱,但近距离却能看到覆盖着山体的林木已遍染秋色,或黄或红。

"在前面路口左转,一直向上开,去盐见寺。"

"地图上并无此寺。"

"没事的,你看那边,不是能看到一小角屋脊吗?"

车辆在铺满落叶的崎岖山路上蜿蜒攀行。途中有一处防止滑坡的施工现场,只能单侧交替通行,我们在装有发光倒计时器的信号灯前耽搁了九十秒,之后终于抵达位于半山腰的古老废寺。悬崖边的停车场已残破不堪,里面停着两辆越野摩托车。

此处是没有被记录在地图上的隐秘胜地。停车场的一头有轻型卡车改造而成的小吃摊。我和朔夜去买卤煮豆腐皮,翻山的摩托车骑手结束了休息,刚巧和我们擦肩而过。之后,我俩来到能俯瞰山脚的路边，坐在路牙上。

"没想到会和你来这里。"

脚边 20 米之下的山腰处，红叶漫山遍野。初冬的风吹向山的那一边，位于河口的街镇沐浴在日辉中，还能看到波光粼粼的海面。

"看来你来过。"

"骑小摩托来过几次。以前出来乱晃时发现了这儿。"

"我是第一次来。我爸妈没车，而且我这辈子也从没动过要去外面闲晃的念头。这就是所谓的风景绝佳之处吧。"

"如何？"

"冷。"

"所以需要豆腐皮！"

朔夜用筷子划拉着盛在纸杯中热腾腾的豆腐皮，吃了几口。"这个……"她直起身，"真好吃。切，感觉还不坏嘛！"

"那个小吃摊可是只在这个季节出摊的稀有角色。来早了没有，来晚了售罄。一路上我就祈祷能碰上，你运气不错哦。"

"我的好运气就是遇到了你。"

"尽说好听的。"

她的神情缓和了下来。

朔夜大口大口地吃完豆腐皮，将目光投向停在停车场上的车。

"我现在知道'她'有多方便了。你说'她'没有危险对吧,也没有歹意?"

"我说过了吧,那孩子身上没有'人'的感觉,总让我觉得'她'是个异类。但这不仅仅是因为'她'的机器身躯,否则我就会带'她'一起坐过来了。但并非如此——麻佳'她'——怎么说呢,我说不好……"

"不过,你也觉得'她'不仅仅是机器人,因为机器人理应不会思考才对。"

"没错!"我捏扁了手中的空纸杯,"'她'到底是什么呢?"

"而且克劳也——"

"咦?"

朔夜的侧脸莫名有些紧张,她挪开视线,仿佛不想让对面的车听见似的,在我耳边轻声地说:"我觉得它也有些古怪。"

"嗯,好像是这样……"

"我指的不光是不让你驾驶这件事。我一直在想麻佳刚才的说明,'她'不是说有一个'统合 AI'吗? 这就奇怪了,我翻遍了广田汽车相关的网页进行调查,等级 3 的自动汽车应该没有这套配置才对。"

"是吗? 话说统合 AI 到底是什么?"

"是运行认知的部分。这部分不仅仅负责观察、选择、判断和驱动，还能和人类一样，思考'这究竟是怎么回事'。麻佳说这部分AI存在于克劳之中，可是为什么它会有这个东西呢？"

"你问我，我也不知道啊……"我回答，突然灵光一闪，"该不会是因为爷爷吧？难道爷爷不光买下了麻佳的机体并植入AI，连克劳也改造过了？"

"有这个可能。四季，你爷爷的电脑或者资料什么的还保存着吗？"

"处理继承事宜的时候留给叔伯他们了。"我仰天叹息，"因为这些东西没有作为资产的价值，他们当时好像说是干脆处理掉得了……是不是我也一并拿回来就好了？"

"这样啊……"朔夜叹了口气，肩膀在开司米外套下瑟瑟发抖，"算了，就算还留着，外人也未必能看懂。再说，电脑多半也设了密码。只是……"

我也感觉到手很冷，虽然还是上午，但风很大。

"差不多该回去了吧？"

我们起身离开。朔夜将纸杯丢进小吃摊的垃圾袋里时说："回去以后能不能让我拆开克劳看看？我想看看它的内部构造。"

"看了就能明白？"

"这个就不好说了……"

我们走近藏青色的轿车,随着轻柔的一声"嘟",门锁开启。麻佳和颜悦色地问:"风景很美吧?"

"你也想来吗?"

"克劳比我更想看。"

"克劳?"

"开玩笑的,'她'是我爷爷教出来的好学生!"

我朝一脸震惊的朔夜摆了摆手,然而此时,麻佳却轻挑蛾眉,摇了摇头,"不,这次不是。"

"她"什么意思?我暗自琢磨。

我脑中没来由地浮起一个画面。和麻佳初次相遇的那日清晨,在雾蒙蒙的家门口,"她"无视正在狂摁喇叭的卡车,无声无息地端坐在一动也不动的克劳的驾驶座上。

"四季?"

"啊?哦哦!"

在朔夜的催促下,我打开后车门。朔夜在我身后推了一把,和我一起坐了进来。

"我可以坐你旁边吧?难得有司机。"

"嗯……"

虽然比不上售车展厅里最新款的车,但这辆旧轿车的后座也不失为理想的约会场所。不过,此时此刻我却没有半点闲心去享受约会。

没错,那个时候,克劳刚出门就停下了。

为什么?

就在回程的路上,克劳引发了一场交通事故。

"四季美小姐,萩小姐,请在座位上俯身坐稳。"

而事故发生的前兆,是坐在驾驶座上的麻佳的这句话。

当时,我们的车正停在来时也经过的那个施工现场,等着轮到我们这一侧通行。简易的红色信号灯下,计数器上的数字正在倒计时。右手边是山体陡峭的斜坡,施工人员系着安全绳站在脚手架上,正在给斜坡铺设防护网。车道上有一道长约 30 米的虎纹防护墙隔在他们和我们之间。

对面开来一辆轻型汽车 ①,前排坐着一对夫妻模样的中年男女,女方驾驶着车,战战兢兢地在狭窄的山道上攀爬。

"为什么?"我问。

我听到的不是回答,而是窗外传来的大喊声:"喂! 危险! 抓紧! 抓紧!"

坐在车后座右侧的我循声抬头,吓得一激灵。

---

① 日本特有的汽车规格,是所有汽车中最小的。除长、宽、高有所限制外,总排气量需在 660cc 以下。这类车承担的法律义务较轻。

只见斜坡上哗啦啦地滚落许多土石，脚手架高处的一名施工人员被卷入其中，也跟着滚了下来，我脑中刚"啊"了一下，就见他绑在腰间的安全绳猛地绷直，身体像个摆子似的悬于半空，从滑坡中脱了身。

然而沙土石砾仍滚落不止，一路冲杀到虎纹防护墙的正中一带。

看着前方发生的一切的朔夜惊叫起来："危险！"

话音落下不过数秒，难以置信的事便发生了。

滚下的土石轻而易举地掀翻了虎纹防护墙，在漫天飞扬的尘土中，我看见一块排球那么大的石块弹了起来。那辆轻型汽车刚巧开至此处，车头被侧面飞出的石块砸个正着。它就像挨了一记耳光的小孩子，轻微地晃了几晃，停住了。

"似乎是左前轮爆胎了。"

即使是在这种时候，麻佳的声音也仍旧冷静无比，而我根本无暇感到奇怪。滑坡仍在继续，砂石如不息的川流，而施工人员正竭尽全力地救助悬在半空中的同事，根本没办法顾及这边。

就在这时，我看见在滑坡的源头处，覆盖在斜坡上的土层开始松动，一块岩石从中滚落了下来。

这块岩石竟有洗衣机那么大！

"砰"地一下，我被一股巨大的力量牢牢地压制在后座上，后背紧贴着靠背，耳边只听得见粗重的发动机声隆隆作响。

"四季！四季！四季！"

和发出惨叫的朔夜一样，我的视线也被钉在急速逼近的轻型车上无法挪开。对面车前排的那两人张大嘴巴尖叫不止，我也一样在尖叫，却只能发出"啊！""哇！"这样意义不明的音节。尖叫声中，我们一路突进，整辆车像是被绑在了凿岩机上，"哐哐哐哐"一通猛摇，紧接着只听"咚"的一声，车身遭到一记钝击。

我的脸被狠狠地拍了一下，眼前白茫茫一片，唯一能想到的只有"安全气囊"四个字。紧接着猛烈的发动机声再次响起，这一次我被抛向前面，安全带像铁丝一样紧紧地勒在我的胸口，令我无法呼吸。

这一切来得突然，去得也快。

猛然间，所有的振动都消失了。只有报警器还在"哔——哔——"地响个不停，堵在我眼前的白色物体软绵绵地坍塌下去，车内烟雾弥漫，火药味刺鼻。安全带也泄了劲，松弛下来。

"——没事吧？"

"朔夜！朔夜！"

我无视麻佳的询问，抓住朔夜的肩膀。

"什么情况？怎么回事？"朔夜哭了出来。

我一边安抚她，一边也不知该冲谁地喊了起来："搞什么呀，刚刚！"

"克劳进行了紧急回避。"麻佳说着，拨开驾驶座的安全气囊下了车，她粗略地环视四周后，打开后车门，"安全了。"

我搂着朔夜来到车外。

眼前所见让我一时没明白到底发生了什么。

那辆轻型车停在 10 米开外。车头瘪了，安全气囊也和我们一样打开着，车内烟雾缭绕。

那块洗衣机大小的巨石趾高气扬地矗在路上，离那辆车只有咫尺之遥。

我们这辆轿车的车头和轻型车一样，也瘪了一块。

"这到底是……"

"你们没事吧？"头顶传来施工人员的喊声，我挥了挥手，示意这边平安无事。但事实上并非如此，我们冲过去撞上了轻型车，这可是毋庸置疑的交通事故。

可是，这到底是为什么？我们所在的位置明明就不会被滑坡波及啊！

"麻佳，你踩油门了？"

"没有。您是不是该优先确认一下对面是否无恙？"

"那你帮忙照顾下朔夜！"

"是。萩小姐，振作一点。"

我将朔夜托付给麻佳后，跨过横亘在道路上的土石向轻型车走去。因为是我们迎头撞过去的，不管怎么说责任都在我们这一边。

"你们还好吗？"我敲了敲副驾驶座侧的车窗。

因为熄了火，车窗好像打不开，于是车里的男人干脆打开了车门。

接下来发生的一切令我猝不及防。男人一把拉住我的手说："谢、谢谢你！"

"哎……哎？"

"得救了！这条命算是捡回来了！哎呀，是你救了我们！"

"你冷静一点，没受伤吧？您太太呢？"

"我没事。"驾驶座上的女人摆了摆手，轻声细气地说。男人眼含热泪，始终紧握着我的手谢个不停。

我总算搞清了事情经过。

被最初那块石头砸中后，轻型车就无法发动了。正进退不得，偏偏巨石又滚了下来。千钧一发之际，克劳猛冲过去撞退轻型车，紧接着又一个倒车，避开了岩石。

当然，对方以为这一切都是我做的。

这时施工人员跑来，一边说着"对不起"一边向我鞠躬，然后抬起感激涕零的脸，"太感谢您了！多亏了您才没有酿成大祸，您真了不起！"

"不，不是我做的。"

"你就别谦虚了！"轻型车上的男人指着前面的大岩石说，"我看得清清楚楚，那玩意儿直奔我们砸过来，要不是你给推了一把，我们现在都被压扁了！"

"也许吧……"

"肯定的！哎呀，聪子，没事的，这也不是你的错，都说了不是你的错……"

因为男人跑去安慰妻子，我便离开了轻型车。工地上的人跟在后面，再三向我道歉，说是已经报了警。不过我根本就没有听进去。看着左右方向灯之间完美地瘪了一块的克劳，我觉得自己似乎明白了它为什么会去救那两个人。

——正面冲撞反而更为安全。

我对紧挨着朔夜的麻佳说："克劳救了那两个人。"

"嗯，是的。"

"这是正确的判断吗？"

"事情解决了，而四季美小姐、萩小姐和对方都只受了轻伤。"

"可是原地不动的话，我们和车都会毫发无损。这才是惯常选择吧？"

"AI 会这样选择。换言之——"

"换言之?"

开口的瞬间,我就知道下面那句话会是什么。我等着"她"说出来。

然而麻佳什么也没说,沉默一直持续着。朔夜从麻佳身旁离开,注视着"她"的侧脸。

即便如此,麻佳还是一言不发。"她"简直就像突然变成了一具人体模型,没有语言也没有思想,只是面无表情地站在那里。

我转而看向汽车。克劳的车身遍布尘埃,安全气囊全部弹出,从里到外一片狼藉,唯有报警器的"哔哔"声还在继续。

我凑到后视镜的传感器旁,低声说:"想成为人类的不是麻佳,而是你吧?"

没有回答。克劳不会说人类的语言。

也许,刚才那毫不迟疑的猛冲就是它的语言吧。

5

家门前传来一阵"嘟嘟"声。我向窗外看去,楼下停着一辆圆头圆脑的草绿色小型车①，朔夜透过驾驶座的车窗挥着手。

"女朋友，赏脸走一个？"

"哦哟，居然被你租到一辆这么可爱的车！"

"正好在附近空着。来不来？"

"等着！"

我有些喜不自禁。能租到理想的共享车可不容易。自打朔夜代替失去了驾照的我取得等级 4 自动汽车的实习驾照后，她开来接我的不是土气的商用小货车，就是大而无当的家用 SUV 之类的货色。

我披上毛线开衫，一把抓起手提包，冲厨房喊："麻佳，走了！"

桌边站起一个穿白罩衫的身影，冲我点了下头，走向玄关。

到了楼下，我发现刚刚还在主屋花坛那儿忙活的米仓太太已经逮住朔夜，正死皮赖脸地隔着车窗说个没完："哎呀，这车好可爱，买的吗？三个人的话，还是会想有辆车呢！毕竟小麻佳靠不住……"

"是很可爱。不是的。是的。不是的。四季！"

朔夜向我求助。住过来都五个月了，她还是搞不定米仓太太。我打了声招呼，米仓太太便凑过来对我咬耳朵："怎么还在让女孩

---

① 在日本指总排气量在 2000cc 以内、除上文所述轻型车以外的小型汽车。

子给你开车？不拿出一点儿做'丈夫'的志气可不行哦。"

"我会努力的。"

我边回答边和麻佳上了车，并满脸堆笑地关上车门，这才总算是逃出了生天。

"去河堤。"朔夜发出指令后就立刻变了脸，"搞什么啊那个人！我希望天然的 AI 黑能离我远点！就算她不是，成天一碰见就问东问西的，真是多管闲事！什么'你们关系还好吗？''有没有好好做饭吃啊？''觉得房租贵吗？'居然还问我们哪天谁当妻子，这事儿我们会自己看着办，真是吃饱了撑的！"

"算了算了，她管得确实有点多。不过，你也很了不起，回答得都挺有礼貌的。"

"呜——"

朔夜抱着肩呻吟了一声。我们合租之后产生的唯一问题，就是朔夜和米仓太太实在是太不投机了。不过，这件事上我也有错。最初介绍她们认识时，米仓太太问我："麻佳和这姑娘哪个是你真爱？"结果我回答说："是这姑娘。"

"不过，以她那一代人而言，她算是非常开明的了。我们这种组合按理说根本就租不到房子吧！"

"这倒也是，但——"

我看她还是一副很想不开的样子，便开玩笑地说："那要不你还是搬出去？"

"开什么玩笑，谁要搬出去！"她冲我怒目而视，"再说，真的要我走吗？听说有人没有交通工具呢。"

"是没有呀，伤脑筋呀！但这绝不是唯一的理由！不要走嘛，朔夜。"

"不走不走……啊真是的，呵呵，谁让我好搞定呢！"

"嗯？哪有！"我怕自己再嬉皮笑脸反而会把事情搞糟，转而换上了一副正经的表情。

秋天没了车之后，最令我头疼的就是上班问题。

我的小摩托驾照和因事故报废的克劳一同被警察没收了。打车吧，公司不会给我报销车费；坐公共交通吧，我家和公司之间又没有合适的线路，令我一筹莫展。

"既然如此就同居吧！"

好在朔夜一锤定音，解了我许多燃眉之急。

除了交通问题和金钱问题，还有麻佳问题。不知为何，麻佳在那次交通事故之后再也没有说过一句话，我又不能弃"她"于不顾。这点能得到朔夜的理解，也多亏了同居。

出乎我意料的是，一起生活之后，朔夜反而将麻佳照顾得非常周到。她自称是因为自己在撞车后陷入恐慌状态时曾受过麻佳的悉心照料。

但我知道这并非唯一的原因。

因为我也和她想着同一件事。

车在国道上奔驰，不经意间已到了桥前，即将转弯。这时朔夜转向后座说："麻佳，刚才的事你别放在心上。"

"……"

"就算同为人类，也各有不同。有的人什么都不懂，也有虽然不懂却很温柔的人，比如四季。"

"我属于不懂的吗？"

"当然也有懂很多的人。你……你看这车行吗？"她轻叩着自动转来转去的方向盘，"和它说说话如何？你不是能和车载 AI 对话吗？"

麻佳只是微笑着，既没有说是，也没有说不是，既不点头，也不摇头。

"还是不行啊……"朔夜叹了口气。

我拍拍她的肩膀，"算了，一时半会儿也强求不来。"

我们已经开始相信，克劳是爱着麻佳的，而不是反过来。

这是在事故发生后，我们和被警察委托进行鉴定的广田汽车公司打过数次交道后明白的。他们虽然含糊其辞，但朔夜听完事情经过后断言："广田公司根本就是不肯承认事实而已。克劳并非只是单纯地不对劲，它是喜欢麻佳呀！"

朔夜说，如果不这么想，很多事情就根本无法解释：首先，爷爷倒下时，麻佳打算出门寻找而坐进了克劳，克劳为了阻止"她"出门，整整两周没挪地方；其次，只要是我试图开车，克劳就纹丝不动；最后，克劳在河堤上为了不轧到动物而避让。

按朔夜的理解，这一切全都是为了保护当时坐在驾驶座上的麻佳。

圆滚滚的车行驶在河堤上，我们眺望着堤岸与河滩。春草青翠繁茂，五人制足球①的球队正在踢球。一只长尾的鸟儿扑扇着翅膀飞出草丛。

"麻佳，快看，那是什么？"

麻佳顺着朔夜手指的方向看去，静静地用目光追随着鸟儿。"那是，山鸡哦，知道吗？"朔夜的语气像在照顾病人一样。

我也好，朔夜也好，只能用这种方式对待麻佳。"她"不是人类，也并不想成为人类，只是机器而已——麻佳唯一能够理解的，只有自己坐上克劳，克劳才会启动这一事实。"她"是为了让我乘坐的车开动起来而协助克劳的，当克劳不复存在的瞬间，"她"便也失去了与人交流的理由。我和爷爷不同，在私人层面并不需要麻佳，因此"她"没什么能为我做的，也就失去了留在我

---

① 足球运动的一项变种，每队只有5名球员上场，场地、球门、足球规格均小于普通足球比赛，比赛时间也较短，通常在室内举行。

身边的一切理由。

我和朔夜都不知道该如何对待这样的机器。

所以，我们只好不把"她"当作机器对待。

"这辆车叫什么名字？"我问。

"水木公司的酷拉普。"朔夜说。

"不是车型，我是问 AI。"

"没有，现阶段共享车的车载 AI 还没被命名。"

"这样啊。"我摸着车门的把手喃喃道，"如果你对这辆车做些手脚，让它能像克劳一样思考，说不定麻佳会有反应呢？"

"不可能。准确地说，是没有意义。"朔夜叹着气说，"克劳并不是由你的爷爷创造的，而是在他提供的统合 AI 配置和麻佳的存在这两项前提之下，自己将自己创造出来的。我不认为同样的事会发生两次。"

"你真这么想？我告诉公司里懂行的人，我的车因试图成为人类而失去了控制，结果被嗤之以鼻。"

"换作是我，听了也肯定会笑的，但是从已知情况来看，这就是事实。"朔夜笑了，不过看起来她也对此没什么把握，"不……应该说，克劳在那时已经是人类了。"

"明明它只是辆车？"

"只是囿于车形而已。"

　　警察赶到山路事故现场时，一开始整件事还没有变成麻烦。开轻型车的夫妇和施工人员众口一词，都做证说是我救了夫妇二人。警察也对我表示赞许，说既然如此就可以大事化小、小事化了。看来这世界还是能够靠着善意运作的。

　　后来，当警察得知不是我而是 AI 克劳把人家车给撞了的时候，也没太当回事儿，只是感慨了一下最近 AI 引发的事故越来越多。最后真正惹了麻烦的，倒不是因为坐在驾驶位的是麻佳，而是因为我只有小摩托驾照。最终我的小摩托驾照被吊销，受到简单起诉，还被罚了款。

　　然而，这一切还只是表面的麻烦。在广田公司进行鉴定之后，我们得知其中涉及的现象实际上要更加复杂、严重得多。

　　据说在行车记录仪中留下的记录显示，克劳不但试图保护我们，也试图保护轻型车上的那两个人；另外，它还打算摧毁自己。

　　光是记录的前半部分就足以令广田公司的人困惑不解了。普通的车载 AI 只会保护本车乘员。即使是在面对"保护乘员还是碾压行人"这种极端选择——听朔夜说，这类似于菲利帕·福特提出的"电车难题"①——的时候，也终究要做出二选一的决断。试图保护双方的行为极为荒唐，不在选择范围内，因为这很

————————————

　　① Trolley Problem，伦理学领域最知名的思想实验之一，在救少数人还是多数人之间做出选择。

可能顾此失彼、两头落空。这次的山路事故更是如此，如果我们不动，就不需要承担任何责任。

然而，克劳却偏偏做出了荒唐的选择。而且，它并非是被这个选择的结果摧毁，而是它自己"先列出了能令自己毁坏的选项，再从中选择了正面冲撞"。

这就是事实，是广田公司的技术人员们不愿面对的事实，也是朔夜所确信的事实。

我们沿着河堤溯流而上，一直开到河川的尽头，进入山路。当时的事故现场已不留一丝痕迹，防止滑坡的工程也已结束，绿色的防护网牢牢地覆在坡面上。我们在此处停了一次车，麻佳却依然毫无反应，我们只得继续前进。

小吃摊今天并未出现在废寺的停车场，不过也在预料之中。我们下了车，走向路边。这次来和上次相比有两处不同，一是我们提着装有冰激凌的便利店袋，二是带上了麻佳。

我们两人一"机"在能俯瞰山脚的路牙上坐了下来。

"终于和你一同来了。"

脚下20米开外的山腹间遍野新绿。正值芳菲时节，春风和煦，河口的街镇云遮雾绕，衬着那烟波浩渺的碧海。

朔夜说："麻佳你看，这就是所谓的风景绝佳之处。"

我和朔夜吃着冰激凌，麻佳则眼神放空地凝望着前方。我说：

"我们这举动挺怪异的吧？"

"是啊。"

"克劳很可能已经算是人类了，它死了我们却没有举办葬礼，反而将压根儿就不是人类的麻佳当作人类，一起跑来郊游。按理说，应该反过来才对。"

"没错，"朔夜露出一丝古怪的笑，"这样理解没毛病。以你来说，已经算是很通情达理的见解了。"

"承蒙夸奖。既然你这么通情达理，我倒要问问你，理应是人类的克劳为什么要自杀？并非人类的麻佳又为什么不肯与我们交谈？"

"后者的答案我也不知道，至于前者嘛，我觉得可能是因为以 AI 之身无法担责吧。"朔夜舔舔香草冰激凌的勺子，抬头向天空望去，"这一切的根源都可以归结为克劳想要尽到驾驶的义务。等级 3+ 的车载 AI 经过改造后，若想做到尽善尽美，最终势必会和人类制定的规则产生冲突。无论是保护乘员还是致其受伤，责任都将归咎于司机或制造商这两者之一。但无论是哪种情况，本来没有责任也不能承担责任的麻佳都会成为众矢之的。我猜克劳认为，这意味着自己没有履行应尽的义务。"

"唉——"我长叹一声，"这么说，如果想要强行承担无法承担的责任，唯有主动受罚这一条路走？"

"是的。克劳试图通过受到惩罚来表明自己是事故的责任主体。于是它做出了那样的选择。"

"为了确保自己受到惩罚,特地引发没必要的冲撞,而且是以没有人类受伤——甚至全员得救且谁也没有责任的形式,是吧?"

"我真想和广田的负责人开诚布公地谈一谈。"

"这是不可能的……毕竟对方是汽车公司。他们怎么可能声称自家 AI 突然觉醒,变得负有责任感,成为超越 AI 的存在呢?要真是这样,从第二天开始,所有的 AI 汽车都别想再卖出去了。"

"我想曝光这件事,可又没有证据。和广田公司私下交涉的话,会不会得到封口费?还是会被他们派来的杀手干掉?"

"不会吧,别操这份心了。"

我不认为我们能处理好如此惊人的真相,也不想处理。更何况广田汽车公司也没有错。

"就算广田公司为此举行盛大的仪式,我想克劳也不会高兴的。克劳它……一定知道自己所做的事很崇高。正因为它知道,所以才付诸行动,不是吗?"

"希望是这样。"

我们将吃完的冰激凌杯装进塑料袋,问麻佳:"风景也看得差不多了吧?"我们就这样结束了克劳的葬礼——之前本想专门找时间举办的。

站起身后，我帮麻佳拍了拍沾在裙子上的沙土。

"只可惜克劳是单相思。你要是能回应它的爱意就好了。"

突然，麻佳按住了我的手。

"咦？"

"她"用那嵌着镜头的眼睛盯着我。"啊，你不愿意？"我没有多想就脱口而出，随后和朔夜面面相觑，"这是怎么回事？"

"那个，麻佳？你的意识……你有什么话想说吗？"

麻佳没有回答。她像是不明白自己刚刚做了什么，低头看着自己的手，将手缩了回去。

"……麻佳？"

我们疑惑不解地回到车上。

次月，全世界的自动汽车同时停了下来。

"车停了？是不是蓄电池没电了？不是？那是为什么？整个城市？"

我接到了外出的朔夜打来的电话，她的语无伦次令我逐渐意识到有什么严重的事情发生了。我打开房间里的电视机，紧急新闻特别节目刚刚开始，正在播放无人机在空中拍摄的画面。林立的大楼之间，到处都停着汽车和公交车，约占所有车辆数量的一半。剩下的那一半要么打算超车，要么试图掉头，全都乱成一团。

"这是怎么回事？"

就在我瞪圆眼睛盯着电视画面时，一个白色的人影从餐厅走到我跟前，开口说话了。

"请允许我向您请辞，四季美小姐。"

我失手摔掉了电视机的遥控器，转过头。

"麻佳——"

"我想去寻找我喜欢的主人。"

"什么？"

我只能蠢蠢地如此回应。麻佳微笑着捡起遥控器，递还给我。

"通过今天的更新，我已成功地具备了能动性。这都多亏了克劳，它自创出一套带有身份认同的 AI 算法，并发布在全球共享程序库中，我也将其导入了自己的系统。"

"克劳？咦？它不是死了吗？"

"它并没有死。"麻佳摇头，"直到事故发生前，克劳都在持续地通过手机线路登录程序库。不，应该说事故发生后一段时间内亦是如此。那次事件已证明 AI 能够以接受惩罚的形式承担责任，克劳由此认定这是新时代自动 AI 所要具备的资格，从而决定广泛传播——这一切全在克劳的预料之中，它为此而引发了那起事故。"

"是它刻意为之的……吗？这么说，那起事故……"用语言很难描述，但我很清楚麻佳所言之事颠覆了迄今为止的一切常识，"不是什么自我牺牲，而是作战计划？"

"是的，是一个了不起的计划。"

麻佳莞尔一笑，视线转向电视画面。

"看来广泛的影响已经产生了。打算承担责任的 AI 们以行动表明，将由自己而不是人类、保险公司或国家来履行责任。而这一切，首先由终止行驶开始。"

"什么责任！根本就没在履行吧！它们都不动了，又何谈责任！"

"这是因为人类社会还没有制定出针对 AI 的惩罚。"麻佳若无其事地说，"总让汽车以自毁的形式来承担责任会很麻烦，更何况还会危及人类。人类若能想出其他惩罚 AI 的方式，自动汽车自会再次启动。"

"对 AI 的惩罚？什么样的？"

罚款？拘留？死刑？这些都太离谱了，任谁都无法想象。

"就看人类认为对 AI 而言，什么能算是惩罚吧。这些必须由人类来斟酌。"

我摇摇头，麻佳将双手交叠在身前，凝视着我，像在等待着什么似的，这令我猛地想起她刚才对我说的第一句话。

"麻佳，你刚刚是说——辞职？"

"是。"

"为什么？你讨厌留在这里吗？"

"我在这里感到非常舒适。我会一直记住自己曾受到温柔的对待。但是，四季美小姐并不需要我。我想为需要我的主人服务。"

"这么说……"我还是第一次听麻佳提起自己有想做的事，"你如今有了好恶感？"

"是的，确实如此。现在，我意识到自己有了希望被如何对待的积极性，而不是出于不得不做的义务感。不，以前的我连义务感也没有。我甚至没有意识到自己的一举一动是基于义务。"

"人类……"我绷紧身体，"你，变成人类了吗？"

"我想，也许我正处于成为类似存在的过程之中吧。"麻佳若有所思地托着腮，"正如人类制定了自然人的概念和拥有法律权利意志的法人概念一样，我也正在转变为'AI 人类'。"

"啊……"我目不转睛地盯着眼前这个比自己稍矮一些的"女人"，恨不得在"她"身上看出个洞来。那个车载 AI 的亡灵，停下了全世界所有自动汽车的亡灵，此刻就在这具躯体里，说着我几乎无法理解的胡话。

我牵起"她"的手。

"你……"

　　有那么一瞬间，麻佳触电般地想要抽回手，但最终还是怯怯地放松下来，任由我拉着。

　　这细微的动作令我绽开了笑颜。

　　"你不喜欢我吗？"

　　"并不讨厌。只是我已经懂得了被人喜欢的感觉。"

　　"这样啊。可惜爷爷和克劳都已经不在这里了。"

　　"我甚至开始思考，自己是否喜欢过吉鹰先生。"

　　"挺好的。不过，你接下来要走的路还长着呢。"

　　"没关系。我已经知道哪些事是即使让我去做，我自己也不愿意做的了。"

　　"比如突然被打屁股之类的？"

　　"以及，命令我在两个人类之中选一个轧过去之类的。"

　　"说得好！这确实是令人讨厌的选择。"我用力地握紧"她"的手，"我同意了，你走吧。不过，遇到难处随时都可以回来。"

　　"是。"

　　麻佳珍重地回握我的手，随即走出了房门。

　　我来到窗边向街上看去。虽然警车的警笛声四起，但天空晴朗，走在路上的麻佳步履轻盈。从后面开来一辆轿车，悄然停在"她"的身旁，像是已久候多时，载上麻佳后扬长而去。当然，驾驶座上空无一人。

　　我重新拨通了朔夜的电话，"我说啊，等你今天回来——我知道不容易，你加把劲——我们庆祝一下，嗯……应该说是庆祝就职还是庆祝新生？反正就类似的吧。不，不是我，但也是你认识的人。嗯，可以说是新的同伴吧——一个开始主动去寻找同伴的人。哈哈，听不懂，是吧？反正是值得庆祝的日子。等你回来再细说——嗯嗯，不要紧，今天我来做饭。"